La troisième voie

Jeremy Mac Cesne

Namasté

Traverser le pays

Comme on traverse ses rêves

Frémir aux moindres souvenirs

Comme aux traces du passé

La mémoire est pesante

Pour l'esprit surpris

On se souvient du meilleur

Et on oublie le pire

Mais la vie est pensée

Qu'il faut concrétiser

A mes filles, à Paty, Pauline, Sophie, Séverine et Gaëlle.
A mes parents, à toutes les personnes que j'ai rencontré et qui m'ont aidé sur le chemin.
A toutes celles qu'il me reste à croiser.

Introduction :

Les voyages se vendent aller-retour
Il faut toujours revenir

L'homme s'étend sur la planète comme une lèpre maudite, plaie purulente qui la ronge, la détruit, la défigure à jamais. Seul le temps, l'érosion pourront lui rendre le visage serein qu'elle avait au tout début du règne végétal.

Jusqu'où ira t-on ? Quels sont les indices qui peuvent nous mettre sur la piste du devenir de l'humanité ? Dans le système solaire, à notre porte, déjà une planète a connu quelque chose qui a entraîné un changement radical. Elle a explosé, créant la ceinture d'astéroïdes qui flotte entre Jupiter et Mars.

Et qu'est-il arrivé à cette dernière, la privant de son atmosphère, de ses rivières ? Pourquoi ? On ne le saura jamais. Jamais car l'homme est peut-être parti pour refaire les même erreurs, ou plutôt devrions-nous dire bêtises. Il sait ce qu'il fait mais n'en a cure. Jamais nous ne connaîtrons les répercussions puisque, tout simplement, nous serons morts. La terre nous aura chassé de sa surface comme une vache balaye les mouches de son cul avec un simple mouvement de queue.

Notre mère nourricière montre des signes inquiétants de maladie. Souffreteuse, en fièvre, elle nous préviens par ces symptômes que le plus grave reste à venir. Sourd, aveugle, l'hominien continue comme si de rien n'était. Polluant, détruisant les éléments clefs d'un équilibre vital mais précaire, précieux.

L'histoire que je vais vous conter est celle de la charnière des temps. Un temps où l'homme naît, évolue, progresse petit à petit dans l'obscurité. Puis, une sécurité acquise, il prend de la vitesse. Il se permet de croire qu'il peut tout réaliser. Sa progression, sa population augmente en parallèle avec toutes les conneries qu'il devrait ne pas faire. Vient alors le temps de faire marche arrière.

Il prend conscience qu'il s'est trompé de route. Mais c'est trop tard. Il a mis le pied dans l'engrenage, il a déréglé la machine. Il s'enfonce dans le gouffre sans fond de l'ignorance, de l'involution qui le ramène au pied de l'échelle de Darwin. Est-ce que certains survivront pour transmettre le flambeau ? Pas si sûr.

Le progrès matériel, seul, n'est rien. Il n'est

qu'une étape dans l 'évolution. Sans le coté spirituel, qui est nécessaire, complémentaire, il ne permet pas le bon fonctionnement de la vie humaine sur terre car celle-ci vivait mieux sans l'homme. L'équilibre des règnes animal et végétal maintenait une cohésion mais un jour, un singe a cueilli le fruit de l'arbre des sciences. Malgré les avertissements du jardinier, il a croqué dedans. Il s'est mis dans la tête qu'il pourrait maîtriser mère nature et en tirer le meilleur profit. S'installant, cultivant, il a petit-à-petit peuplé la terre comme nous raconte l'histoire. Les civilisations se sont succédées, gardant le matériel, reléguant le spirituel dans un tiroir. On voit aujourd'hui ce qu'elles ont laissé en héritage à leur descendance. Les océans sont des grandes flaques d'eau souillées de déchets plastiques, les forêts sauvages sont remplacées par des productions de soja et d'huile de palme.

Mon nom est Jérémy Mac Cesne. Je suis né en France. Un petit pays au passé glorieux qui est maintenant au bord de la crise sociale. Si vous ne l'aviez pas deviné, je suis d'origine écossaise. Mon grand-père était arrivé sur le continent quand tout le monde voulait le fuir, lors du dernier grand conflit qui ravagea la terre. Une guerre mondiale comme ils disaient. Une légende raconte qu'à Djibouti, le jour où le monstre se réveillera, la face du monde changera. Le commandant Cousteau avait cherché ce monstre, en Éthiopie, sans le trouver. Peut-être qu'il ne cherché pas au bon endroit. En tout cas, le monstre avait dut se lever pour foutre un tel bordel ? Rappelez-vous l'histoire officielle de cette guerre dont aujourd'hui, tout le monde se fout. Elle avait au moins le mérite d'être franchement affichée.

Mon grand-père avait-il décidé de son propre chef de venir se faire hacher menu sous les yeux de ses supérieurs ? Ceux qui jouaient aux petits soldats, bien à l'abri dans leurs quartiers généraux. Mac Donald avait commencé le steak haché bien avant l'heure. Pour quelle raison faisait-il partie de ces régiments envoyés à l'abattoir comme on sacrifie des pions aux échecs ? Le savait-il ? Avait-il son mot à dire ? Je ne sais pas. Cela lui permit au moins de rencontrer la femme de sa vie sur les champs Élysées alors qu'il venait de libérer Paris. Il survécu juste assez longtemps pour connaître une idylle biologiquement productive. Il eut sept enfants. Sept, un chiffre porte bonheur paraît-il. Toute la marmaille se retrouva logée dans les baraquettes en pleine campagne. Des maisons provisoires en bois toujours debout, soixante ans après la fin de la guerre qui avait tout détruit à l'époque. Il fallait tout reconstruire. C'était le début des trentes glorieuses. Mon grand-père ne les connu que brièvement. La chimie militaire, couleur moutarde, avalée sur le champ de bataille mis hélas un terme à sa vie après la naissance de mon père, dernier né de la fratrie. La grande famille se retrouva sans source de revenu. Très tôt il travailla, laissant de coté l'école et tout l'apprentissage qui va avec. Il rencontra à son tour la femme de sa vie. A ce stade, ce n'est pas la chimie militaire qui intervint. Non, la chimie avait maintenant un usage plus domestique mais toujours pas domestiqué. Elle puait toujours autant, tuant de manière plus sournoise et cancérigène les gens. Les directeurs des usines de fabrications des armes, des gaz, avaient été jugés à Nuremberg et emprisonnés. Ce qui leur avait donné le temps de réfléchir. Après leur libération pour bonne conduite, amnistiés, ils s'étaient reconvertis dans l'alimentaire, l'agriculture, le pharmaceutique. C'était moins dangereux, plus lucratif. Ça permettait de reconvertir le matériel des usines pour les générations à venir. Le monstre djiboutien continuait de grandir, bien à l'abri, loin de la chaleur africaine. Il œuvrait maintenant sous les traits du capitalisme, impitoyable. Entretenant la misère là où il pouvait faire du bénéfice. Déclenchant des conflits ethniques meurtriers là où ses sbires n'avaient pas obtenu de concession. Apposant son chiffre kabbaliste sur tout ce qu'il produisait. Les gazeux avaient connu la prison, on ne les y prendrait pas deux fois. L'aspect civil de leur production leur permettait de mettre en place, petit à petit, une législation d'ampleur planétaire, un codex alimentarius et les présidents des pays touchés n'avaient aucun moyens d'intervenir.

C'est là, dans les odeurs de soufre et d'oxyde de carbone que je vins au monde. Dans un jour gris pollué de la société dite en évolution. En fait, celle-ci était tombée bien bas. Mon père, ma mère s'échinèrent toute leur vie pour le profit de quelques hommes qui vivaient en haut de leur building. Ceux qui évitaient de marcher dans la merde dont vivaient les gens d'en bas. Une espèce de nouveaux généraux qui jouaient cette fois-ci au monopoli.

Ils ne se préoccupaient pas des gens qui bossaient pour les usines figurants sur les cartes. Ils se les refilaient sans vergogne. Elles étaient distribuées sur toutes la planète. Une usine d'aspirateurs demandait un pays de l'est! Contre une carte chance demandait alors la Chine. La partie continuait plongeant les gens dans des situations économiques catastrophique. Les trentes glorieuses passèrent bien vite, emportant les rêves qu'elles nourrissaient. Toute une vie passait derrière la chaîne de montage ne permet pas à l'homme de trouver sa vraie place sur cette terre. En vieillissant, mon père avait perdu toute envie de combattre, de trouver un pourquoi à la vie.

J'avais du mal à trouver ma place dans ce paysage chaotique. Mon histoire peut paraître étrange, saugrenue. Si l'évolution humaine avait été différente voir meilleure, je n'aurais peut-être pas était obligé d'en arriver là. Étais-je forcé de faire tout ça, de vous raconter tout cela ? Je serais resté au chaud dans mes pantoufles en me laissant pousser le ventre devant la télé, bercé par les douces illusions de la société de consommation. D'autres que moi auraient pût le faire mieux, plus délicatement. Le résultat aurait été identique. Le poids du savoir devient énorme avec le temps. Au moment de mourir, on veut partir libre, le cœur léger et les langues se délient. La mort n'a qu'a attendre au bout du chemin. On juge un arbre aux fruits qu'il produit. Il n'y a que deux types d'hommes dis le proverbe. Les héros et les hors la loi. Mais la réalité nous apprend qu'il y a aussi ceux qui prennent consciente de leur mauvaise orientation. Ils décident alors de se tourner vers d'autres valeurs, moins connues, moins reconnues. Les moines, les docteurs du tiers monde font partie de ceux-la. Ils sacrifient leur confort personnel pour aider autrui. D'autres agissent dans l'ombre, sans étiquette, pour que le pleupleu de base continue sa vie de consommateur ignorant quelque soit son continent d'origine. Ils restent dans une vie classique, conjuguant du mieux possibles leurs nouvelles convictions et les impératifs qu'oblige la vie courante dans les grandes métropoles. Ils observent, comprennent. Ils apprennent les sciences oubliées dans quelques rares livres qui en contiennent des lambeaux, écrits par des hommes dont la mémoire en garde les traces sans vraiment les comprendre.

Je faisais partie de ceux-ci. Ma vie est un enchevêtrement de situations toutes plus farfelues les unes que les autres. C'est dans la dernière ligne droite que l'on peut comprendre les différents chemins que le hasard de la vie nous a proposé. Voir les répercussions des choix fait avec plus ou moins de réflexion.

La culture orientale donne trois grandes périodes avec chacune leurs intérêts :

La première est l'enfance. On arrive sur terre et on découvre la vie tout humain de son ignorance. La deuxième est le début de la vie d'adulte toujours ignorant. On maîtrise le matériel, on assure la continuité de l'espèce humaine bref on est con mais heureux.

L'homme ou la femme à fait son bout de chemin. Beaucoup ne cherchent pas plus loin, la mort viendra les chercher. Ils n'auront pas tout compris et recommenceront un nouveau cycle. Mais il existe la troisième voie. Elle commence quand l'homme est autonome. Il maîtrise le matériel mais pressent qu'il y a autre chose. L'électron de l'atome est-il matériel, visible ou bien arrivons-nous à la charnière de deux dimensions. Celle matérielle que l'on peut toucher, qui est visible et l'autre éthérique venant de ce que l'on pense, faite d'une énergie non quantifiée ? Un passage inversement proportionnel au trou noir dont on ne sais pas où finit la matière.

Pour une compréhension globale, je commencerais le récit au tout début. Là où un petit détail, aussi minuscule soit-il, peut s'averer d'une importance capitale à un autre moment. Là où des événements divers, anodins, sont en réalité des pièces de puzzle pris dans une grande toile d'araignée. On en saisi le sens dans les dernières pages du roman, à la fin du film de sa vie. Il y a là une espèce d'interaction mélangeant tous les éléments matériels, spirituels pour en tirer le meilleurs profit, mais pour qui, pour quoi ? Autant le jeu des prétendus grands de ce monde est clair. Il se résume en un mot qui vaut son pesant d'or. Mais au-delà de ça, quel est le but ultime de la vie ? qui pourrait nous le dire ?

L'école n'apprend plus rien

Dans tous les bouleversements que subissait la société en pleine mutation économique, j'étais un petit enfant énergique mais gentil à ce que je me souviens. Je commençais très tôt la vie professionnelle. Mon père achetait le bois sur pied. Il fallait le marquer afin de découper des stères, empiler les branches pour les brûler.

Au printemps, arrivaient les fêtes foraines avec leurs attractions surlignées de néons et de musique. Pour gagner un peu d'argent de poche, qui finirait dans une partie d'auto tamponneuse, un manège, je ramassais des rasières de pommes toute la journée. Je cueillais des mures pour les vendre aux cul-terreux du coin. Une vente truquée car avec mon frère, nous les vendions au kilo. Quelques centilitres d'eau au fond du saut faisaient bien quelques centimes en plus. Mon enfance se déroulait comme celle de n'importe qui. J'allais à l'école. Une de ces écoles ordinaires qui existent encore dans une campagnes qui a survécu à l'urbanisation galopante. Mais construit-on des usines en plein milieu des jolies villes ? Non, c'est dans les prés que poussent les champignons et mycoses en tous genres. Les ouvriers qui engraissent ma mère l'oie n'ont pas le temps ni les moyens d'emmener leur marmaille dans les écoles privées du centre ville. Celles-ci sont réservées à l'élite sociale. Les trentes glorieuses étaient finies depuis longtemps. Mai soixante huit avait crié contre la guerre du Vietnam, contre le monde consumériste. Mais aujourd'hui, tous les anciens manifestants achetaient leurs fringues made in China dans les supermarchés. Maintenant, deux salaires étaient nécessaires pour faire tourner la boutique. Mes deux parents bossant et je me débrouillais tout seul pour le trajet. Je traversais la campagne à pied. Un petit kilomètre me séparait de l'école. Les matins d'hiver, les mains dans les poches, je pouvais regarder les étoiles dans un ciel d'une clarté éblouissante. Seul l'air pur des campagnes le permettait encore. Il n'y avait pas de lampadaires dans les champs, pas de monuments à éclairer pour mettre en valeur l'histoire dite bénéfique des hommes. Le ciel ne devenait pas orange la nuit mais restait transparent et pur.

La grande ourse était devant moi chaque matin comme pour me dire que malgré le temps qui passe, les choses sont immuables. L'école primaire était simple. Un vieux bâtiment en aggloméré que la pluie avait gondolé. Je passais mes journées à ingurgiter une fade mixture censée nous apporter la substantifique moelle de la vie que l'on aurait bien du mal à sucer. Le mercredi, toutes les filles de l'école se retrouvaient dans la classe de la directrice pour apprendre la couture pendant que nous, fiers garçons, dessinions dans la classe du directeur.

Dès le primaire, elles devaient savoir qu'elle était leur place. A la sortie les mères attendaient leurs progénitures chéries en racontant les potins du village. C'était une vie heureuse pour un petit garçon qui n'avait pas à se soucier des problèmes financiers de fin de mois. Contrairement à mon père. Il faisait les quarts à l'usine. Une semaine le matin, l'autre l'après midi histoire de bien dérégler le rythme biologique. Ancienne gloire de l'industrie automobile, l'usine se trouvait dans la zone industrielle. Celle dont le nez nous indique la direction bien avant les panneaux. Aujourd'hui elle vivotait grâce aux aides de l'état, employant des intérimaires plus flexibles et moins grévistes qu'avant. Mon père avait un vieux vélo pour se rendre à l'arrêt du car qui emmenait tout ce petit monde vers l'abattoir. Ce fut mon premier moyen de locomotion. Le week-end, quand mon père bossait pas, je lui piquais son vélo. Ça me permettait d'aller plus loin, de pas croupir devant la télé qui n'avait encore que trois chaînes. Les émissions enfant arrivaient mais elles ne m'intéressaient pas encore. Très vite je sillonnais les routes autour de la maison, agrandissant le périmètre de reconnaissance au fur et a mesure que je prenais confiance en moi. Du hameau, je passais aux villages voisins. Très vite, je découvrais l'entrée d'une forêt. Au début, une crainte superstitieuse me bloquait. Je m'arrêtais au premiers cents mètres, dans la lisière. J'avais peur de la pénombre des sous bois. J'imaginais tout un peuple de petites créatures malignes prêtent à attaquer par surprise. Je restais en bordure à jouer dans les arbres, à fouiller sous les feuilles. Mais très vite cette crainte s'effaça, vaincue par la curiosité. Je montais alors sur le vélo pour m'enfoncer de plus en plus dans les bois. Un petit chemin traversait la foret menant à une rivière. De là, d'autres chemins qui commençaient, créant un réseau de sentiers desservant de nombreux villages que j'appris un par un, agrandissant mon périmètre d'action. Je passais des après-midi entiers à traîner dans les bois, à fabriquer des cabanes, à rouler de plus en plus loin, tout seul sur le vélo. Avec le recul je vois que je n'avais pas d'ami pour partager mes aventures imaginaires. De cette période, pas de complicité avec mes frères, pas de communication avec mes parents. C'est la forêt dont je me souviens le plus. C'est avec elle que j'ai grandi. Les années passèrent vite. L'émission les routiers sont sympas rythmait la radio, la télé passait à la couleur. Les premières sécheresses arrivaient en même temps que les marées noires. Malgré tout, c'était une période heureuse pour moi. Toutes les classes dans l'école primaire se ressemblaient. D'une année sur l'autre, nous retrouvions les mêmes copains avec qui nous faisions les mêmes bêtises. Mais les copains ne venaient jamais chez moi. J'avais tenté un coup un goûter d'anniversaire et j'avais manger du gâteau pendant trois jours, personne n'était venu.

Toute bonne chose a une fin. Je terminais le premier cycle. L'été arrivait. Nous préparions le spectacle de fin d'année. J'avais fait pas mal de bêtises cette année là. Le directeur avait une fille handicapée physique dont je me moquais souvent. La directrice, sa femme, avait attendu ma mère à la sortie de l'école pour exiger une punition. Mes parents très laxistes m'avaient juste sermonné. Pour bien comprendre son handicap, j'étais mis en binôme avec elle pour la petite chorégraphie du spectacle. Pendant la danse, je me tenais aussi éloigné que possible.

C'est pas le handicap qui me gênait. C'est simplement qu'elle était aussi moche que sa mère à qui elle ressemblait beaucoup trop. Chaque classe présentait un numéro. Ça se terminait par la remise des prix. Malgré un début difficile à l'école maternelle, on avait descellé un problème auditif qui une fois résolu m'avait permis de rattraper le retard. Un A de moyenne générale m'avait valu un petit dictionnaire français-anglais prétendu utile pour le collège. L'école était finie, les vacances commençaient. La première partie se déroula dans un camping vendéen avec mes parents, en bord de mer. Les sorties du soir nous emmenaient immanquablement devant le stand du marchand de glaces. Le matin je déchirais la brioche présente sur la table pliante avant de me jeter à la mer la bouche encore pleine.

Déjà, sur la plage, je regardais les filles autrement. Il m'arrivait souvent d'être bloqué sur la serviette. Je restais allongé sur le ventre le temps que le relief naissant dans le bas ventre s'estompe. Les kilomètres effectués sur le vélo autour de la forêt, m'avaient permis de découvrir sur le bas coté des routes des revues éroticopornographiques. Les routiers étaient vraiment très sympas. Ils les jetaient après s'être rincé l'œil. Du coup, moi aussi je reluquais les new looks caché dans les bois. Mes parents avaient acheté un bouquin péda-gogique sur la sexualité. Sur la couverture, un garçon était nu. Il était assis dans le même fauteuil en osier qu'Emmanuelle, dans la même position pour cacher son sexe. Rappelez-vous le film de cul qui avait fait fureur à l'époque. Ce livre expliquait la reproduction, les organes mâle et femelle, les risques de maladie. Tout cela avec des schémas très explicites. La pédagogie de mes vieux s'arrêtait là. Un bouquin disponible dans la bibliothèque sans plus de commentaire. Je le lisais souvent pour comprendre les pertur-bations qui changeaient mon corps d'enfant. Heureusement, la puberté ne m'apporta pas son lot de boutons sur la tronche.

Le mois d'août se passait dans un camp scout. Les guides, les filles, étaient à l'écart, va savoir pourquoi à notre age. Nous lavions nos chaussettes au savon de Marseille en apprenant l'orientation, les espèces d'arbres. Nous chantions le soir devant un feu de bois en nous grattant les jambes ravagées par les voraces moustiques et les tiques. L'été passa vite. Septembre arriva avec le début de la pluie. Je préparais mon cartable la veille. Je m'endormis nerveusement en pensant à la rentrée.

Cette fois, c'est en car que j'allais au collège. Une heure de route, le temps de ramasser toute la marmaille des villages alentours. Un avant goût du trajet de l'usine ou nous mèneraient immanquablement nos études ? Pour l'instant, c'était une autre façon d'agrandir le périmètre de découverte autour de la maison. Qu'elle ne fut pas ma surprise le premier jour de voir le directeur m'avertir sans la moindre pédagogie quelconque, criant devant tout le monde, que si je me conduisais comme mon frère, cela se passerait très mal. Le regard des autres changeaient direct sans que j'en sache pourquoi. Je n'avais rien fait pour ça. En fait, mon frère était passé avant moi ce qui était un gros problème.

Les écossais ont une réputation de bagarreur. C'est vrai que la vie familiale était assez turbulente mais l'infantile cohue s'arrêtait aux portes de la maison. Très vite j'avais laissé mon frère pour partir sur les routes. Ce que j'appris par la suite sur le comportement de mon frère était loin d'être une référence pour les professeurs et les habitants de l'école. Excusez-moi, je parle d'habitants car ces mauvais élèves avaient pris un bail longue durée en redoublant et redoublant les classes les unes après les autres pour retarder de façon assez originale la confrontation avec le monde du travail. Ils étaient tous joyeux de retrouver un membre de l'honorable famille Mac Cesne. Les règlements de compte laissés en sursis pouvaient reprendre et se conclure. Je dois reconnaître qu'ils n'oubliaient pas de me rendre la monnaie. La cour de récréation devenait un piège fatidique où chaque recoin pouvait cacher un gentil larron prêt à discuter mitraille. Très vite, mes camarades m'appelèrent Barabas. Crucifié pour l'exemple mais libéré au dernier moment. Dans l'école, le simple passage de mon frère m'avait donné une réputation non justifiée. Les punitions qui en découlaient servaient plus d'exemple que de pédagogie adaptée. Dès mon plus jeune âge, j'étais pris dans un engrenage diabolique. Action, réaction qu'avait dit quelqu'un et il n'avait pas tort. Mon comportement changea. J'étais trop jeune pour prendre le recul nécessaire. La joie de l'apprentissage du primaire, malgré l'apparition des premiers ordinateurs, des cours de langue en stéréo, fut relayée au second plan. Je rejoignais les derniers bancs de la classe.

Les professeurs me mettaient la même étiquette. Ils appliquaient la même sentence, sous une forme légèrement différente. Croyaient-ils que je pourrais réparer le tort que mon frérot avait causé à leur image de marque ? Leurs positions les mettaient hors d'atteinte de quelconques représailles. Cela insinuait en moi une aigreur lancinante, une frustration inassouvie. Un jour, un adversaire de catégorie supérieure avait poussé le bouchon un peu loin. J'étais acculé au mur. Les larmes me montaient aux yeux. Il était content le garçon. C'était très drôle de voir le petit Mac Cesne pleurnicher. Mais soudain une poussée de rage me submergea. Une force inouïe qui venait de je ne sais où envahit mon corps. La bête surgit en moi. Je sautais à la gorge du pauvre gars qui, surpris, ne parvenait pas à se soustraire à mon étreinte. Je serrais de plus en plus fort les bras autour de son cou. Il tomba par terre, étouffant. Il suffoquait, devenait tout rouge mais je ne lâchais pas prise, pris dans un état de transe animale. Je serrais sa gorge comme si mes bras étaient une puissante mâchoire. Le loup garou s'était réveillé.

Plusieurs personnes furent nécessaires pour arriver à me faire lâcher prise et le tirer de ce mauvais pas. Après cet incident, personne ne revint jamais me parler de compte en attente. Je me mettais au karaté, je commençais la muscu. Une petite réputation naissait dans la cour de récréation. Elle n'effrayait pas du tout les professeurs dont les punitions continuaient à tomber.

Petit à petit je glissais sur la mauvaise pente. Mon envie d'apprendre était tombée à l'eau. L'anglais, les mathématiques me laissaient indifférent. Mes notes dégringolaient aussi vite que le pouvoir d'achat des français. Ils votèrent pour un président socialiste tentant de changer les choses mais en vain. L'ANPE apparaissait dans les villes à coté des supérettes hard discount. Mes talents d'artistes me permettaient de contre signer toutes les heures de colle qui tombaient sans que mes parents s'en rendent compte. Ils m'avaient acheté un vélo qui me servait à aller au collège pour les faire. Là où j'aurai dût me délecter de cette moelle osseuse, apprendre les bases intellectuelles, abstraites de la vie, la philosophie inutile de ces grands hommes morts depuis longtemps, j'en arrivais au cours de survie dans une société que je ne connaissait même pas. Je n'avais rien demandé. Le monde me posait déjà des problèmes. Ce complément de formation appris dans la cour de récré deviendrait peut-être, un jour, utile dans un monde qui tombait en régression constante. Mon caractère qui n'était pas si mauvais que ça au début, bien vite changea. Il se tourna vers le côté obscur, la désobéissance scolaire, rebelle avant l'heure. J'avais montré des capacités en travail manuel, bricolage, couture et dessin en classe. J'aurais pu être orienté sur une filière spécifique. Mais mon comportement, mes résultats scolaires faisaient tache et les parents n'avaient pas les moyens de m'offrir des études supérieures. Je faisais partie d'une génération sacrifiée au piteux théorème que les diplômes pouvaient favoriser les nouveaux arrivant sur le marché du travail. Quelque part, c'était vrai. Tout le monde était mis sur le même pied d'égalité, on était tous pauvres. Il fallait à l'époque rester le plus longtemps possible dans la filière générale.

Seul mon intellect sur développé me permis de passer les classes les unes après les autres pour arriver à l'étape suivante appelée lycée.

Barabas

La chanson française avait laissé place au rock anglais. Les fan de The Cure se battaient contre ceux de U2. Les uns avec du noir autour des yeux contre les autres à la queue de cheval. Les jeunes s'étaient pas trop foulés. Ils avaient simplement traduit la nouvelle vague de Cloclo en New Wave. Ils traînaient tous avec des fringues fluos, sympas mais trop chers pour le pouvoir d'achat de mes parents. Je me rasais maintenant tout les deux jours avant de prendre le car qui roulait lui aussi une heure pour passer de village en village, élargissant encore mon horizon, remettant une couche sur l'entraînement du trajet usine qui clôturerait peut-être mon parcours scolaire. Mes parents n'avaient pas les moyens de m'offrir la cent trois Peugeot, la dernière mob à la mode que tous les poteaux garaient à l'entrée du lycée.

Là, dès le début la mise était différente. Mon frère ne m'avait pas précédé, refourgué en établissement CAP. J'avais pratiqué un travail grammatical tout au long du cycle collège. Ça me donnait bonne figure dans la cours de récréation.

Les résultats de la muscu, accomplie chaque

jour avec sérieux pour résister aux assauts toujours plus nombreux des habitants du collège étaient maintenant visibles. Ils m'avaient doté d'une carapace qui dissuadait quiconque de venir me chercher des noises. Sur cette carapace était marqué le nom de Barabas. Mais cette fois, c'est moi qui l'avait gravé. J'aurais pu descendre de la croix une bonne fois pour toute. Remettre à zéro la pendule du parcours scolaire sur ce terrain vierge où j'étais inconnu. Mais ce genre d'idée traverse rarement la tête d'un ado devenu branleur. J'aurais pu profiter de mon corps musclé pour faire tomber les filles mais le courage acquis dans la forêt s'effritait dès que j'entrais dans la cours du lycée. Une grande cours a traverser tous les jours me faisais peur car je me sentais vulnérable aux regard de tout le monde. Je me fis connaître directement avec un mauvais caractère.

Seules les autorités administratives intervenaient de temps en temps pour remettre un clou ou deux dans la croix que j'avais moi même décidé de porter. Elles se réfugiaient derrière un statut qui leur sauvait la mise. La seconde commençait mal.

Un planning inapproprié, avec des matières

non désirées. Le proviseur voulait clairement un conflit ouvert. Il faisait durer le plaisir. Les heures de colle tombaient. C'était encore en vélo que je venais les faire. Double avantage, mes parents ne le savaient toujours pas et ma musculature progressait. Petite moyenne, mauvaises remarques, je redoublais la seconde. Mais vaille que vaille la nomenclature disait qu'il fallait un diplôme alors je devais continuer. Une seconde seconde, péniblement une première. J'avais décroché dans beaucoup de matière. Je ne faisais aucun effort pour rattraper le coup. Il n'y a qu'en sport que j'avais une bonne moyenne. Je m'étais même lancé par hasard dans la course à pied et ça marchait bien. Les classes se suivaient. Pour parer ma timidité, je faisais l'abruti plus qu'autre chose. Mes dons artistiques me permettaient de faire des caricatures des profs qui faisaient bien rire les autres mais c'est tout. Les filles, je continuais de les regarder de loin avec un courage tout en contraste. Un jour, après manger, je cherchais une classe vide pour glander au chaud en attendant la reprise des cours. Il y avait pour chaque pièce des vitres qui permettaient de voir s'il y avait du monde dedans. Une classe abritait des élèves qui révisaient. Je pouvais rentrer pour rejoindre le radiateur. A mon entrée, une fille était au tableau pour expliquer un exercice à ses copines. Elle était brune, portait un col roulé violet et de ses yeux se dégageait une lueur hypnotique. Je crois que je venais de prendre un coup de foudre, le seul de ma toute ma vie. Elle s'appelait Emmanuelle. Je tentais le baratin vu la télé, mais dans ce domaine, j'étais largement novice. Les filles me sortirent poliment pour continuer de bosser tranquille. J'en parlais à un camarade de classe. Il me raconta qu'elle avait des yeux de vache. Bien jeune et bien con c'était juste le prétexte qu'il me fallait pour, une fois de plus, me débiner. Je laissais tomber l'affaire. La vie reprenait son cour. Il n'y eu pas d'autre accident de ce type jusqu'à la terminale. Je passais le bac de français avec une note catastrophique. Notre prof était un littéraire dans tous ses états.

Homosexuel à l'heure où apparaissait le sida, ça se cachait encore. Il adorait la littérature. Il voulait partager sa passion avec notre classe de scientifique terre-à-terre. Il nous balançait des auteurs inconnus. Le nombre de textes à étudier était deux fois plus important que ce que prévoyait le programme. Bref, c'était pas dans cette matière que j'aurais des points d'avances pour le bac.

L'année finissait. On n'avait plus cours car les profs étaient réquisitionnés pour surveiller les bacheliers. On glandait dans le jardin public. Certain fumaient des cigarettes de différentes natures. J'avais essayé une fois en colo mais les trois jours de migraine qui avaient suivi m'avaient définitivement dissuadé. Je voyais vraiment pas ce qu'on lui trouvait à part l'effet chimique provoqué par les additifs ça avait un goût de chiotte. Les grandes vacances étaient enfin là. La famille partait en voiture dans la Manche. Je faisais le trajet en vélo. Trois jours sur les routes à dormir à la belle étoile, à me laver dans les cimetières ou les rivières. Le camping passa vite. Tellement branleur que je m'étais même fait virer des scouts. Alors le deuxième mois des vacances, je le passais en colonie, en Corse. C'était l'age du premier rapport sexuel. Les animateurs nous faisaient la leçon avec préso à la clé mais, ceux qu'ils me donnaient resté dans ma poche. Johnny Clegg chantait contre l'apartheid. Ses chansons donnaient plus d'énergie au soleil. Les chanteurs français s'étaient regroupés pour chanter pour l'Ethiopie. Je faisais le malin avec mes connaissances sur l'anatomie féminine mais quand il fallait passer à l'action, y'avait plus personne. L'été passa vite.

La dernière ligne droite du lycée arrivait. J'entrais en terminale D parce que j'aimais bien la nature, j'avais grandi dedans.

C'est une fois de plus, mon intelligence démultipliée qui me permis de contourner l'obs -tacle et d'arriver au bout du parcours scolaire. J'avais traversé tout le second cycle avec Gaëlle et Séverine. Elles étaient devenu un peu comme mes sœurs. La fin de l'année approchait. Les fenêtres de la classe filtraient les gentils rayons de soleil de l'été naissant. Les poussées d'hormones des juvéniles adolescents que nous étions donnaient au cours que nous suivons un air de vacances, un coté agréable. Entre une partie de puissance quatre que le professeur faisait sans blanc de ne pas voir et un bras de fer qui déterminerait l'homme le plus fort de la classe, peut-on parler d'homme à dix huit ans, nous pensions déjà à l'avenir. Que faire après le bac que nous n'avions pas encore obtenu. Les propositions allaient bon train. La liste du magazine d'orientation paraissait petite tant nos envies étaient grandes. Elle passait du doctorat bac plus dix millions d'années, que visais Emmanuelle, mon coup de foudre avec qui j'avais passais l'année sans rien dire, au simple brevet des collèges. Objectif, je commençais en bas de la page et là, oh stupeur! L'armée y était présente. Remarque, fallait-il penser la trouver ailleurs qu'en bas des pages ? L'école des sous-officiers était accessible sans le bac. L'inventaire des spécialités réalisables com-portait « troupe de marine ». C'était une armée à l'intérieur de l'armée. On pouvait y réaliser toutes les spécialités sur tous les continents, un potentiel de voyage énorme. Les examens arrivèrent au galop. Mon orgueil en pris un coup. L'intelligence que je croyais mienne ne m'apporta qu'une note pathétique. Ce fût un échec cuisant. Sans le bac, permet-tant de passer la rivière lycéenne, je restais sur les rives de la terminale. Les derniers jours d'école, on avait possibilité de sécher les cours et de rester dehors. Sur la pelouse, je parlais avec Florence. Elle venait d'avoir son bac avec mention très bien.

Très intelligente, elle avait aussi reçu le prix du meilleur élève alliant sport et étude. Elle était très belle avec un style latino.

On avait partagé les cours d'espagnol la dernière année. Nous avions même participé à une course à pied dans les rues du Havre. Mon courage à deux balles m'avait tenu loin d'elle toute l'année malgré mon désir de la draguer. Là, dans les derniers jours de présence à l'école, elle me balança que, elle aussi avait regarder dans ma direction. Nous continuons de parler toute la matinée. L'idée de l'embrasser ne me traversa même pas l'esprit quand nous nous quittions. La journée était finie. Le soir, il y avait un bal dans la ville. La salle des fêtes avait été aménagée.

Tous les étudiants se retrouvaient une dernière fois avant la fac. Les Clash chantaient pour savoir s'ils restaient ou pas. Les gars imbibés de Pelford cassis dansaient le pogo sur la piste. J'étais assis à observer les fesses des filles qui bougeaient quand Florence entra. Elle était avec ses copines mais se dirigea directement vers moi. Nous reprenions la conversation où nous l'avions laissé quelques heures plus tôt. Elle continuerait ses études à la fac de Rouen, dans l'architecture vu son niveau scolaire. La première série de slow arriva. Nous dansions collés serrés. Le relief de mon pantalon ne semblait pas la gênait. Nous nous embrassions fougueusement. Ça aurait pu être le début d'une belle aventure amoureuse mais le sort en décida autrement. A la fin des slows, ses copines vinrent la chercher pour repartir. Un dernier baiser et je la regardais traverser la salle, franchir la porte et disparaître de ma vie. Je ne la reverrais jamais.

Les vacances, le soleil, la plage et les filles toujours virtuelles, me firent oublier un peu le problème mais la rentrée se profila bien vite. Il fallait prendre une décision. Allais-je oui ou non en remettre une couche ? Des camarades de classe sympas mais toute une clique de professeurs que je trouvais chiants sur le dos en permanence alors qu'ils voulaient juste m'é-duquer. J'avais envie de voir le monde, de voyager. Bref, j'avais envie de bouger pour ne pas m'enliser dans la boue recyclable de la société. Je décidais de quitter l'école, de m'engager. Mes parents n'émirent pas d'ob-jection. Le niveau requis, rendant le diplôme inutile, appuya nettement ma décision. Je rendais mes livres et laissais derrière moi ces années scolaires qui avaient entraîné l'effet inverse du but recherché. Tout petit j'étais déjà

un aventurier téméraire. Mes parents se rappellent encore quand à cinq ans j'avais voulu faire le tour du monde. Bloqué par la nuit, j'avais quand même fait mon baluchon avec un croûton de pain calé dans un torchon.
J'avais rejoins le poulailler pour passer la nuit au chaud dans la paille. Ils en avaient mis du temps pour me retrouver les parents. Mes fesses s'en souviennent. Mon envie d'aventure m'avait déjà tourné vers l'armée pendant les années lycée. Durant les vacances de février, la possibilité de faire du saut en parachute, gratuitement en plus, m'avait traîné vers les préparations militaires. Je m'étais inscrit sans problème au bureau le plus proche. Le climat était rude, froid. Le vent fort et les nombreux orages prédits à intervalles réguliers, nous avaient empêché toutes activités techniques. Cloués au sol, un sergent instructeur, pour faire passer le temps, nous faisait donc courir le matin dans les champs gelés, en short moule bite avec des propos un peu gras. S'il y a des choses qui manquaient à son éducation, la politesse en faisait sûrement partie. L'image qu'il donnait de l'armée tout comme les veillées passées dans le bistrot du coin, dans une ambiance légèrement enfumée était un peu

en contra-diction avec les photos de la longue liste des spécialités réalisables où l'on voyait une jolie fille portant l'uniforme de l'armée de l'air gaulée comme un top modèle. Elle avait sûrement inspiré le film top gun.

Pourtant, le scénario s'inscrivait clairement dans mon esprit. Je serais militaire. Avec tout de même une petite précaution, je serais sous-officier pour donner les ordres et pas les recevoir. Je me voyais déjà au fin fond de la Guinée équatoriale attaquant les habitants d'une quelconque planète protozoaire qui avaient débarqué en toute illégalité sur notre bonne vieille Terre. Dans un bâtiment classé monument historique où les officiers mangeaient du homard dans des plats en argent, j'appris que pour rentrer à l'armée, il fallait simplement réaliser des tests sensés déterminer le niveau du prétendant. Ces petits travaux d'évaluation se faisaient dans la région du nord. Pour appâter ses futurs enfants chéris, l'armée payait même le trajet. Ce voyage gratuit à travers le pays était tentant. Tout ce qui est gratuit est tentant mais ça, on l'apprend trop tard, une fois tombé dans le piège. Je m'inscrivis donc sur les listes et roule la machine. Le voyage à travers la campagne nordique, agrémenté de haltes instructives dans les gares, était un premier visage de l'aventure possible.Je sortais du trou du cul du monde pour découvrir la vie. Le train filait dans les champs de blé, ressemblant à une flèche que l'on aurait tiré, non pas directement sur son avenir, mais sur le spectre menaçant qu'il pouvait cacher pour le tuer. A l'intérieur du train on rencontrait des personnes de multiples horizons. Cela élargissait l'envergure du long métrage qui se mettait en place dans nos petites boites crâniennes. On aurait dit les figurants d'un film de Clint Eastwood mais hélas, la comparaison s'arrêtait là. Sans avoir fait une fac de psycho, il n'était pas dur d'analyser clairement les attitudes de certains. Vautrés sur les bancs, ils attendaient l'arrivée en gare en semant des mégots de cigarette partout. Viendraient-ils faire la récolte après, je ne le croyais pas. D'autres parlaient déjà de paye, d'avantages que ne leur offrait pas la vie courante. La vraie motivation était dure à percevoir. Mais c'est vrai que l'envie de voyager n'était pas une raison meilleure que les autres. Le voyage dura longtemps. Heureusement, le roulis du train, les petits soubresauts, endormaient le passager. Au coucher du soleil, le ciel prenait une teinte rose orange, réchauffante, qui faisait oublier les banalités quotidiennes. Dans ces moments là, tout semblait réalisable. On se prenait pour un surhomme qui pouvait parler avec les animaux, la nature, la terre.

C'est surtout avec le chef de gare que l'on parla en descendant du train. Trouver la caserne fut un premier périple pas trop dur à surmonter. Le village était minuscule comparé aux bâtiments cyclopéens de la caserne. La nuit tombait quand nous arrivions devant les portes. Les examens auraient lieu le lendemain. En plus du billet aller-retour du train, l'armée nous offrait le gîte et le couvert. C'est bizarre, on ne nous servit pas avec les plats en argent que j'avais vu au bureau d'inscription. Le homard devait avoir pris un coup de vieux vu la tronche qu'il avait dans l'assiette. On aurait plutôt dit du surimi arôme crabe. Après le repas, le manque de télévision nous emmena tous hors de la caserne, dans le seul troqué du coin. Qu'est-ce qu'un village de cette taille à besoin d'un bistrot. Une épaisse fumée planait. Elle cachait à peine les soûlards autochtones accrochés tant au comptoir qu'à leur chope de bière, dernier pilier avant de tomber par terre. Ils ne tournèrent même pas la tête à notre entrée. Signe peut-être que militaire et alcoolique ne sont pas si éloignés. Le petit groupe se mit à table et commanda. Pour ne pas sortir du lot, je pris une bière , la première de ma vie d'adulte. J'avais passais mon adolescence dans la forêt sans jamais prendre de cuite avec les copains de l'école. Au fil de la soirée, les demis alignés sur la table faisaient de belles colonnades, ressemblant à un temple à la gloire de Bacchus. Les discussions tournaient autour de deux sujets principaux. Les filles et l'argent. Un petit détour vers la prostitution permettait de rassembler le tout. C'est vers une heure du matin que le groupe rejoignit la caserne. Les sommiers en fer grinçant ne firent pas assez de bruit pour m'empêcher de filer dans les bras de Morphée, la seule fille avec qui je coucherais ce soir là. Le lendemain, le réveil fut rapide. Deux tartines au beurre trempées dans un café transparent et zouh, on se retrouva torse nu dans les couloirs de l'hôpital militaire. L'examen intégral du corps aurait été plus charmant si l'infirmier avait été du sexe opposé. A peine rhabillés, une grande bouche de sergent nous conduisit dans un bâtiment

44

annexe. Là, le groupe fût divisé. Chacun parti de son coté. La salle n'était pas très grande pourtant, elle paraissait presque vide. Il y avait peu de candidat pour postuler à l'école de sous officier. En réfléchissant bien, tout cela paraissait normal quand on voyait le nombre d'agriculteurs de mégots qu'il y avait dans le train. Cette culture ne nécessitait pas un niveau d'intelligence bien haut, en tout cas pas suffisant pour aller à l'école des sous officiers, même sans le bac. Amalgames douteux de l'apparence et de l'intelligence que je faisais à l'époque. Les tests furent rapides. Était-ce une arnaque du même style que celle réalisée par les gourous de sectes pour appâter leurs futurs fidèles ? Toujours est-il que le niveau atteint me convenait parfaitement, VINGT. Mon orgueil se trouvait rétablit dans ses fonctions les plus primaires. Je pouvais fanfaronner de nouveau suite au précédent échec scolaire. Est-ce que tous les humains ont un orgueil surdimensionné comme le mien qui donne envie de bouger. Où préfèrent-ils se laisser aller dans une léthargie profonde. Le progrès technique et la dimension de l'écran plat de leur télé leurs laissant croire à une réelle évolution intellectuelle !

C'est peut-être aussi cet aspect inconscient d'un possible apprentissage de la vie qui m'attira dans l'armée.

Le soldat

J'avais passé mes vingt premières années aux crochet de mes parents, à la campagne. Traîner dans les bois, sillonner la campagne, faire mes devoirs, regarder la télé et muscler mon corps de jeune con avaient été mes principales activités. Un début de vie classique pour un jeune de la classe ouvrière. Il était temps de passer à autre chose. J'avais appris les bases scolaires. La science officielle avec toutes ses théories mais surtout, j'avais côtoyé la forêt. Aussi effrayante qu'elle m'avait semblé au début, elle était devenu amicale, familiale. Elle avait pris vie à chaque visite. J'écoutais le vent dans les branches, les craquements, le chant des oiseaux. Les nuances de couleurs que prenaient les feuilles au fil des saisons. Les odeurs de l'humus fraîchement mouillé par la pluie et celle du silex sortant de l'argile. Au printemps, les sous-bois se peignaient de mauve, de violet avec une odeur agréable. Je passais des après-midi entiers à pédaler sur mon premier vélo, un VTT, nouveau venu dans la gamme cycle des magasins de sport. Le hasard sonne bien parfois. Cette forêt s'appelait Babylone. Comme la ville où

Nimrod avait voulu atteindre les cieux, connaître la science divine, grâce à une grande tour. Dieu le père l'avait brisé. Il avait réparti les hommes aux quatre coins du monde, les punissant en leur donnant des langues différentes. Me laisserait-il allait jusqu'au bout cette fois ?

Les vacances passèrent très vite, la mer, le soleil et les filles toujours en virtuelle. Vint le temps de partir. Un petit sac avec juste de quoi s'habiller et se laver. Comme quoi, quelque soit le voyage initiatique, il faut toujours tout laisser derrière soi. Comme le mat, le gars sur la carte sans numéro du tarot de Marseille qui laisse derrière lui tous ses problèmes. Le rendez-vous officiel était à la gare de Saint-Maixent, dans les deux sèvres. Mes parents bossaient, c'est donc seul que je montais dans le train. Au revoir papa, maman et voilà. Une page de ma vie était tournée.

Je quittais le nid familial pour partir à l'aventure vers une totale inconnue. Du voyage, je n'ai pas beaucoup de souvenirs. Direction Paris puis le métro pour la première fois. Gros campagnard qui descend sur la capitale, je peinais à me retrouver dans les couloirs du réseau souterrain. Je partime tout

seul mais par un prompt renfort nous nous vîmes trois milles en
arrivant au port. A chaque gare, sur le parcours, des gars, des filles étaient montés dans le train. Certains à destination de l'école des sous officiers. Le terminus était annoncée. Un sandwich manger trop rapidement m'avait brouillé l'estomac. Excuse bidon pour ne pas parler de peur tout simplement. C'est en débarquant du train qu'il remonta brutalement à la surface. Comme carte de visite j'aurai pu faire mieux, avec l'odeur en moins. J'essuyais les traces sur mon tee-shirt en suivant la foule, mon petit sac sur le dos. Personne ne me connaissait mais j'affichais déjà une image peu reluisante. C'est dans un silence de mort que nous nous dirigions vers la sortie. Autant, quand on part à l'aventure on est tout courageux devant les défis qui nous attendent. Mais quand ils commencent à ce concrétiser, on est un peu moins fier. Des soldats nous attendaient sur le parking extérieur. Juste le temps de faire l'appel. Nous nous entassions dans les vieux camions. Ce type de camion que l'on voit dans les films, tous bosselés avec une bâche camouflage et des rigoles kaki. Vu leurs états, ils avaient sûrement participé à la

dernière guerre.

La route fut courte. La caserne était plus peuplée que le village. Celui-ci ne survivait que grâce à l'école, ouverte dans les années soixante. Nous arrivions par la grande porte. Un arc de triomphe monumental. Des grilles en fer forgées derrière lesquelles des troupes s'entraînaient à marcher au pas depuis des décennies. Nous passions devant de beaux bâtiments à l'architecture classique. Mais très vite, les stéréotypes diffusés par les films s'annonçaient faux. Tom Cruise pouvait faire le malin avec les jeunes stagiaires du sexe opposé dans son école. Là, dans l'armée de terre, en France, c'était paradoxalement des thons que l'on voyait plutôt. Les camions s'arrêtèrent devant un bâtiment un peu moins bien le temps de prendre chacun notre paquetage. Trois treillis, une paire de rangers, un survet bleu roi en acrylique et un lot de slip jaune en coton avec la poche kangourou s'il vous plaît. C'est tout ce qu'on avait besoin pour les mois à venir. Autant au début, il nous restait une part d'identité, de personnalité, maintenant nous étions tous dans le même moule. Nous remontions dans les camions. Ils contournèrent les beaux bâtiments pour nous

50

montrer le vrai visage de l'école. Nous débouchions sur de vieux immeubles. C'est là que nous allions passer les six prochains mois à apprendre le métier de militaire. Des blocs carrés, encadrant une cours carrée où était planté un drapeau rectiligne comme un manche à balai dans l'cul. Tout devait évoquer la rigidité afin de faciliter la pédagogie de nos futurs profs. Les élèves descendirent en masse des camions. On nous entassa dans un coin de la cours comme du bétail qu'on envoie à l'abattoir. Nous étions environ trois cents. Un nouvel appel fut fait pour former les divisions d'une centaine de personnes. Une fois divisés en groupes de trente. Nous pouvions monter dans les locaux avec nos nouveaux copains. Des chambres de quatre lits avec armoires et lavabos. Les douches étaient communes pour faciliter le rapprochements. Aucune fioriture, les moines dans leurs dortoirs avaient sûrement plus de confort. Première épreuve, la tondeuse, afin de ne voir plus qu'une seule tête dans les rangs. Tout le monde passa au sabot de un. Rendez-vous le soir, en survet pour le premier repas. C'était presque comme chez Flunch. Un plateau à la main, on passait sur un rail pour prendre les assiettes mais on avait pas de légumes à volonté. Les jours passèrent indifférents.

On avait des cours sur l'armement, la hiérarchie, la pédagogie à employer. Le matin, après rasage et p'tit déj, c'était footing en short moule bite, une mode qui ne variait pas dans l'armée. A la fin du parcours, on se suspendait aux barres de tractions. Ça mettait nos muscles à rude épreuve juste avant les pompes. Dès fois qu'on aurait pas compris, il nous arrivait aussi de faire quelques petites marches dans les champs, en treillis avec nos rangers bien lourdes et nos sac à dos pleins. Je croyais être sportif mais notre cher adjudant, bien que fumant comme un pompier, avait une allure de marche qui en mit plus d'un par terre. Le premier mois était fini. Nous pouvions prendre notre première permission. Retour à la maison, chez papa maman. Un week-end rapide vu le temps du voyage, juste le temps de laver le linge, de raconter le mois passé et retour à la caserne. La vie suivait son cours à l'école. Cours théoriques, pratiques du tir et sport. Toutes les matières pour apprendre a tuer mais à tuer bien. Malgré mon arrivée négligée, très vite je montais dans l'estime de mes supérieurs. Tout comme au collège, au lycée, je ne faisais pas beaucoup d'effort mais je retenais bien mes leçons. Il y avait des examens réguliers pour définir un classement. J'étais dans le top dix. Certains week-end, on ne rentrait pas chez nous. Trop de temps de voyage ou peu à raconter chez soi. Alors, entre copains de promo, on se retrouvait dans les bars du village. La petite solde que nous touchions était largement suffisante pour atteindre l'euphorie alcoolique.

Quand notre état nous le permettait encore, nous finissions la soirée dans l'unique discothèque du coin. Il y avait une piscine proche de la piste de danse. C'est dans ces eaux chlorées que la pêche au thon marchait le mieux. Tout le monde se retrouvait en caleçon dans l'eau à montrer ses fesses voir plus. Les haies qui entouraient le territoire de pêche bougeaient malgré le manque de vent. C'est peut-être les va et vient des couples nouvellement formés qui donnaient tant de mouvement à la végétation. Mais j'avais toujours pas le courage de courir la gueuse. Autant dire que la philosophie de la vie se résumait à cela à l'école. C'est peu, très peu. Avec le recul, je conçois que c'était limite. Mais pour un plouc qui n'était jamais sorti de sa cambrousse, toutes ces situations avaient le charme de l'inconnu. Une simili autonomie avec de l'argent de poche. La technologie s'installait dans la vie de tous les jours. J'achetais un walkman dernier cri, lecteur de CD s'il vous plaît. Ça remplaçait les vinyles et les lecteurs cassettes. Je le prenais avec le dernier album d'Eurythmic, sweet dreams are made of this, please. Le temps passait vite, les semaines s'enchaînaient. L'hiver jetait ses premières gelées dans les champs. Le footing en short réveillait bien son homme le matin. Un soir, une alerte générale réveilla le bâtiment. Tout le monde se rassembla sur la place d'arme. C'était une feinte. Nous avions un quart d'heure pour faire nos sacs et redescendre au pas de course. Bonne blague ! Nous partions trois jours sur le terrain. En pleine nuit, tout le monde se retrouva dans les camions, collé-serré pour garder un minimum de chaleur. On roula pendant une demi-heure pour finir en plein champ. Les encadrants nous gueulaient les ordres. On débarqua. La troupe se regroupa dans la lumière des phares des camions, devant une vieille grange. Les cailloux brillaient grâce à la rosée gelée qui les recouvrait. Le topo était simple, nous avions le bâtiment pour dormir. Un tour de garde se mettait en place. Après le passage des consignes presque tous allèrent se coucher sauf ceux du premier tour. Les portes furent ouvertes. Il n'y avait pas d'électricité. Il fallait se débrouiller avec les lampes torches. Le sol était dur, gelé, plein de bosses, de silex qui dépassaient. La nuit allait être chouette. Tout le monde enfila sa peau de singe, le dernier pyjama à la mode dans l'armée, fait de polaire kaki bien moulante. Pour assurer le coup, un p'tit treillis par dessus, deux paires de chaussette. Ça devenait difficile de rentrer dans le duvet. La nuit fût épouvantable. Le p'tit déj pas mieux. Lait en poudre, issu des rations de survie, dans de l'eau froide avec des biscottes. Les grumeaux de poudre flottaient dans le quart en alu qu'on regardait hagard, les yeux dans l'cul. Les trois jours se déroulèrent dans une température qui ne dépassait pas le zéro. C'était un bon moyen d'endurcir les gars. Il y eu plusieurs séjours comme celui-ci. Une fois qu'on avait survécu au premier, les autres étaient moins pénibles. La vie continuait à l'école. Un soir, nous revenions d'un raid à travers la campagne. Deux jours à marcher sous la pluie, à monter la garde sous un poncho les fesses dans la gadoue, pour se rendre compte le matin que nous ne regardions pas dans la bonne direction. Deux jours à manger des boites de rations militaires, pomme de terre et maquereau à l'oseille qu'on rotait toute la nuit. C'est dans ces moments là que l'on connaît le confort de ses pantoufles. De retour à l'école, cuisine classique mais largement meilleure que les rations. Douche bouillante, vêtements secs et draps propres en allant se coucher. Tout aurait pu aller pour le mieux si il n'y avait pas eu un match de foot ce jour là. L'OM jouait contre le Milan AC. J'étais tombé bien bas mais de là à aimer le foot non. Au village j'avais tenté le club locale mais l'expérience avait tourné cour. Mon lit douillet valait beaucoup mieux après ce raid glacial. Il y avait dans le bâtiment de la troisième division, des salles inoccupées qui servaient de salle télé. Malheureusement, la pièce mitoyenne à notre chambre en faisait partie. Elle était pleine à craquer de fans hystériques. Tous hurlaient leur amour du sport national. Ils ne se souciaient pas le moins du monde de ceux qui avaient patauger dans la merde pendant deux jours. Il était temps de mettre en pratique les cours de guérilla urbaine, de leur apprendre la politesse. Avec un camarade, nous nous glissions dans le couloir, un balai à la main. J'avais accroché dessus une fourchette à laquelle j'avais tordu les deux dents du milieu. Parfait pour arrêter le courant électrique je pensais. Nous ouvrions délicatement la porte de la salle télé. Les spectateurs étaient trop occuper à boire leur bière devant le match pour nous remarquer. Je glissais subrepticement le balai, doucement, vers la prise de courant et paf ! La fourchette dans la prise de courant eu un effet inattendu. Les plombs de tout le bâtiment sautèrent. Nous nous retrouvions tous dans le noir. Sans attendre, avec mon p'tit camarade, nous rejoignons vite fait bien fait notre chambre où nous allions pouvoir dormir tranquillement. On appelle l'armée, la grande muette, car normalement, les affaires se règlent en interne. Il n'y a jamais de délation. Banane s'écrit avec un b, normalement c'est avec un n, non ? Dans les régiments, tous les postes sont désignés par des grades. La personnes qui s'occupait des locaux s'appelait «adjudant de compagnie». Celui de la notre, je ne sais pas comment, connaissait déjà le coupable le lendemain matin. Il n'avait pas beaucoup aimé que je fasse griller les fusibles de l'immeuble. Il s'en était suivi une longue discussion avec mon commandant. Leçon de morale et patati et patata. Pour finir, je devais me rendre dans le bureau du général commandant l'école, avec un pli à lui remettre. C'était là une fausse punition car je ne le vis même pas. C'est de retour à la compagnie que la vraie sanction allait m'être révélée. Toutes les semaines, à l'école, un élève était désigné pour assister l'adjudant de compagnie (rappelez vous celui qui gère les locaux et son électricité). Et bien la voilà la punition, la semaine qui arrivait, j'allais être sergent de compagnie. A priori, c'était pas dur mais beaucoup, surtout les filles, pleuraient et craquaient à ce moment là. Le matin, chaque chef de groupe venait faire le point sur les absents, les malades et autres problèmes au sergent de compagnie qui, dix minutes plus tard, devait faire un compte rendu à l'adjudant de compagnie. Sauf qu'il fallait le faire de mémoire, devant les trois cents poilus qu'on venait de mettre au garde à vous. Le problème, c'est que tant que les gus ne faisaient pas un seul bruit au commandement, il fallait recommencer et recommencer. C'est l'unité des soldats qui fait leur force. Il fallait l'entendre cette unité ! Après quoi le sergent de compagnie rejoignait ses petits camarades pour suivre les cours. A midi, il s'occupait de la cantine. Autant, quand j'étais au collège, j'étais le premier à essayer de doubler, à chiper du rab de désert. Autant, là, je devais surveiller le bon fonctionnement des opérations. En plus, je désignais les personnes qui passeraient le balai après le repas. Tant pis pour ceux qui m'avaient fait chier la semaine.

C'est parfois dommage que le service militaire n'existe plus. Non pas qu'il faille apprendre à tuer à tout le monde, non. Mais c'est dans ces moments là qu'on apprend les bases nécessaires au maintient de l'ordre social. La nécessité d'une hiérarchie qui entretient la paix dans le groupe. Moi qui au collège, au lycée faisais le bordel histoire qu'on s'occupe de moi, je comprenais enfin la structure sociale du groupe. Je crois que c'est la meilleure leçon que m'a appris l'école des sous off. C'est quand on est passé par là que l'on reste tranquille face aux ordres donnés. Pas docilement comme des moutons mais par connaissance de cette nécessité.

L'été approchait avec la fin des études mais surtout, des soirées en boite de nuit de plus en plus délurées. J'étais devenu fort. La gonflette de façade avait fait place à des muscles opérationnels mais j'étais toujours puceau.

Il m'était parfois arrivé de penser quitter l'armée pendant des moments physiquement éprouvants, psychologiquement marquants. Mais à chaque fois j'allais de l'avant, je persistais. Au collège, au lycée c'était facile de faire le branquignole, de défier les professeurs. Une heure de colle de plus ou de moins voilà tout ce que je risquais, ce n'était pas grave. Là, à l'armée je ne pouvais que me taire ou bien partir. L'ego en prenait un coup mais il se renforçait. Mine de rien, j'avais appris beaucoup à Saint Maixent. Cette espèce de philosophie qui fait la différence entre un bon travailleur et un ouvrier basique qui fait simplement son travail. Celle-la même qui faisait dire à notre cher petit adjudant, qui était troupe de marine, l'armée qui travaille partout sur la planète, que quand il partait d'un endroit, c'était toujours plus propre que lorsqu'il était arrivé. C'est bien plus tard que je faisais le rapprochement entre ce professionnalisme et les dégâts mortels que ça engendrait hélas. Cette mentalité allait me servir plus tard dans tous les petits boulots que je ferais. Ce professionnalisme qui avait tendance à disparaître avec l'apprentissage basique des jeunes coincés dans un système scolaire qui ne les reconnaissait plus. Les beuveries dans les bars étaient finies. Le week-end, quand je ne rentrais pas chez mes parents, je passais mon temps dans les grandes villes du coin avec les camarades qui avaient une voiture. Dans la cours de l'école, un jour, un marchand ambulant s'était arrêté. C'était un bouquiniste. Sur son étale, il y avait plein de vieux livres, sur tous les sujets. Mon regard s'arrêta sur un petit livre de poche. La couverture représentait un nain avec une grosse hache accompagné d'un elfe avec un arc. Le titre ne me disait rien. Le seigneur des anneaux. C'est vrai que, à part traîner dans la forêt, je n'avais pas beaucoup lu chez mes parents. Sauf Oui-Oui et son grelot, gagné à la fin de l'année CM2. Je l'avais ingurgité d'une traite, allongé sur la pelouse. J'achetais ce petit livre. Ce fut le premier d'une longue série. Une approche du monde des légendes, du monde de la fantaisie. Toujours des romans de science fiction. Assis sur les bancs du jardin public. Le pouvoir d'achat pouvait aussi servir à se culturer. La fin approchait. Il y avait un dernier examen, sur le terrain, pour évaluer notre connaissance dans toutes les matières. Je pense que le classement fût un peu truqué. Un petit sergent breton fini major de promo. Suivi par l'ancien major de promo qui était revenu suite à une maladie, pour ne pas perdre la face. Le politiquement correcte n'était pas oublié. Une fille était troisième. Et enfin, parce que j'avais fait sauter les plombs, moi, seulement quatrième. L'avantage du classement, c'est que plus on arrive devant, plus on a de choix des places pour la future affectation. C'est pour voyager que j'avais signé. Donc je choisissais une place chez les troupes de marine. Vous vous rappelez, l'armée partout sur la terre. J'allais pouvoir visiter beaucoup de pays. Hélas, j'appris un peu tard que « troupe de marine » était une appellation générale. Il fallait avoir une spécialité. Oh hasard !!! S'il y a un hasard ! C'était l'artillerie troupe de marine qui avait besoin de monde. Peut-être qu'il venait de perdre du monde en Irak en vendant des canons dans l'désert sous le couvert d'une guerre pour récupérer le contrôle de la production de pétrole à Saddam. Je devrais parfaire mon éducation à Draguignan où était l'école d'artillerie. La fête n'était pas encore finie. Saint Maixent alternait une année sur deux, avec Saint Cyr, la prestigieuse école des officiers, pour défiler sur la grande avenue des Champs Élysées, le quatorze juillet.

Cette année là, les vingt premiers élèves de la promotion auraient la chance de défiler devant le président américain, le cow-boy Ronald Reagan assis à coté de notre cher Président François Mitterrand. Petit week-end entre copains de promotion puis direction l'aéroport du Bourget pour s'entraîner à marcher bien droit. La rediffusion était internationale. Il ne fallait pas se louper. Heureusement, après six mois d'entraînement, la mâtiné suffisait largement à peaufiner le boulot. L'après midi, nous avions droit à des visites de musées, des balades en bateaux mouche. Malheureusement, pour prolonger la punition que j'avais reçu, suite à la fonte des plombs, j'étais à nouveau sergent de compagnie. Le temps de mettre tout le monde au garde à vous, de faire les compte rendus, il ne restait plus que les places pourries dont personne ne voulait. Je passais la semaine à visiter les églises. Le jour du défilé arriva. C'était quand même impressionnant de se retrouver devant tant de monde que cela. Très tôt, le matin nous étions placé au pied de l'arc de triomphe. Plusieurs régiments attendaient le départ pour une chorégraphie pile-poil chronométrée. Nous restions là en papotant pendant que, petit à petits les bords de l'avenue se peuplaient de touristes et de parigots. Une heure passa puis un avion nous survola. Un gros transat qui annonçait le début du défilé. Très vite les ordres furent donnés de s'aligner et de marcher. Le défilé commençait. Nous avancions par à coup. Marche, arrêt, marche puis dernière ligne droite pour arriver devant la tribune présidentielle. La troupe se scinda en deux devant le parterre diplomatique et c'était déjà fini. On rendait les armes puis on se ras-semblait devant l'hôtel de ville où le maire nous offrait la collation. Repas classieux dans la mairie de Paris. Qui aurait cru qu'un jour je serrerais la main du futur président de la république. Il passa de table en table pour parler à tout le monde. Toute discussion se terminait par un cadeau. Il nos offrait à tous une montre avec le logo de la ville de Paris. L'après midi fût radieux. On le passa entre copains sur les bateaux mouches à draguer les chinoises sous un soleil de plomb. J'étais vraiment un plouqueux à l'époque. Je ne savais même pas qu'un feu d'artifice géant terminerait la journée dès la tombée de la nuit. Le plus beau feu que j'ai jamais vu. Le quatorze juillet, c'est jour de fête nationale. Il y avait dans toutes les casernes de pompiers parisiennes des bals gratuits pour danser toute la nuit. Elles étaient toutes illuminées de guirlandes multicolores. Je me retrouvais avec le petit sergent major de promo à traîner sous le chapiteau. Tout un coup, là, sur la piste, nous aperçûmes une fille d'une grande beauté qui dansait, accompagnée par une copine un peu moins belle. Nous nous approchions pour lancer la conversation. C'étaient deux américaines venues découvrir la France en vacances. Heureusement, le peu de travail fourni à l'école, en anglais, me permettait quand même de parler à la plus jolie pendant que le petit sergent, qui pipait pas un mot d'anglais, s'ennuyait avec l'autre fille. Je sais pas si c'est nos uniforme ou notre charme mais très vite les filles nous invitèrent dans leur hôtel. J'étais euphorique. Taxi gratos pour des militaires un quatorze juillet puis nous montions dans un vieux bâtiment. Chacune avait sa chambre. Mon pauvre camarade qui parlait pas beaucoup allait avec la moins belle.

Très vite, je n'entendais plus le bruit que faisait le sommier sur lequel ils s'agitaient dans la pièce d'à coté. Par contre, pour mon initiation au rapport sexuel, je fût servi. Nous étions deux jeunes puceaux, imprudents mais heureux. La nuit fût passionnante. Torride et douce à la fois. Nos ébats durèrent jusqu'au petit matin où enfin assouvis nous nous endormions sur le lit. Le soleil commençait à filtrer par la fenêtre, traversant un rideau jaune pâquerette qui augmentait la chaleur de la pièce, amplifiant la blondeur de ses cheveux. Je profitais pleinement de cette sensation de bien être, sur un slow de Lenny Kravitz qui passait à la radio. Après la chanson, l'animateur donna l'heure. Pauvres abrutis, mon copain dormait et moi je profitais de ce moment merveilleux alors que l'heure avait tourné. Il fallait retourner rapido à la caserne. Des baisers torrides, des caresses et sans se retourner, direction le métro en s'habillant sur le chemin. Suzie m'avait donner une photo. Je ne la reverrais jamais, la première femme de ma vie.

Il avait fallu attendre vingt et un an pour que je vainc ma timidité, que je passe à l'action. J'étais enfin un homme. Retour à Saint Maix, dernier défilé devant les parents qui étaient venu chercher leur chère progéniture. Celle-ci repartait dans la voiture de ses géniteurs. Les autres, dont je faisais partie, traversaient le village avec les sacs militaires sur le dos, direction la gare. Il y avait un autre gars qui avait la même affectation. Nous nous retrouvions dans le train pour remonter à Paris puis, descendre à Marseille. Dix heures de route. Autant Saint Maix avait été très intéressante avec toutes ses nouveautés, ses situations burlesques de jeunes trou d'uc qui s'endurcissaient dans l'effort, autant l'école de Draguignan me laissa un peu perplexe. Les lectures que j'avais commencé m'avaient déjà un peu éloigné de l'armée. Le manque d'intérêt pour la spécialité artillerie me laissait sur ma faim. Je passais six mois dans le sud à transpirer sous le soleil d'été. Le seul avantage c'est que je renforçais encore ma musculature et mon endurance avec tous les entraînements que nous avions. Il n'y avait qu'un régiment qui avait besoin de monde. Nous avions défilé avec lui sans le savoir. C'était le régiment qui avait fait la guerre du golf. Vu la chaleur du sud, c'est soulagé que je remontais dans le nord. Le nord-ouest plus précisément, la Bretagne. Elle nous attendait avec toutes ses traditions, toutes ses légendes. Une nouvelle page se tournait.

Le prêtre

Nous arrivions de nuit à Rennes, après dix heures de train. La gare était déserte. Une voie anonyme nous souhaitait la bienvenue dans le hall. Pas difficile de trouver le chemin de la sortie. Presque tous les gars présents avaient les cheveux très courts et un gros sac kaki sur l'épaule. Il suffisait de les suivre pour arriver sur le parking extérieur. Un car nous attendait sous les vieux lampadaires baignant la scène d'une lumière pale. A cet instant, Rennes semblait ville morte. Par la suite, très vite, je découvrirais qu'en fait, elle était bien vivante. Pour la première fois j'y verrais des couples de vieux, se promenant main dans la main, sur les trottoir la nuit. Mais c'était pas le moment de rêvasser. Les gars attendaient tous le départ dans une nuit déjà raccourcie. Embarquement sans plus de contrôle que cela. Il fallait une demi heure de route pour nous emmener au régiment. On traversa la ville, puis des villages de plus en plus petits pour enfin arriver au fin fond de la cambrousse bretonne. Le dialogue était inexistant. Tout le monde se foutait royalement des nouveaux venus. Mon copain de formation roupillait à coté de moi. La route bifurquait dans la forêt. Nous atterrissions sur un petit parking devant les grilles de la caserne. Elles étaient gardées par un militaire en uniforme, armé. Finies les conneries de l'école avec les balles à blanc et les rentrées tardives. Il fallait bien que je me le rappelle, j'étais militaire professionnel maintenant. Le chef du poste de garde nous emmena à l'hôtel des sous-officier. Des chambres étaient prévues pour la nuit. On nous attendait. Un p'tit lit une place dans une chambre de six mètres carré. A son pied, une couverture poussiéreuse attendait de s'unir au drap immaculé. Sur le couple, une serviette qui atterrie vite fait dans la salle de bain . Celle-ci se résumait à un petit sas avec une armoire et un lavabo. Les douches étaient communes, c'était devenu une habitude. La visite prendrait pas plus de temps que ça. Ça tombait bien, j'étais crevé. A poil et dans le lit que j'avais rapidement fait. La nuit passa très vite, sans rêve. Nous nous retrouvions le matin, dans le hall de l'hôtel avec nos galons tout neuf de sergent sur l'épaule. Il y avait d'autres sous-off qui allaient prendre leur petit déjeuner. Cette fois, très vite la conversation s'installa. On parlait de tout et de rien histoire de s'occuper sur le chemin. Nous découvrions le régiment qui émergeait des brumes matinales. Implantés au cœur d'une forêt de pin, les bâtiments étaient éparpillés parmi les arbres, reliés par des petits chemins goudronnés. Nous suivions le groupe pour atterrir au mess. Un grand bâtiment dont l'entrée débouchait sur un bar, brillant, bien astiqué. Très vite j'allais apprendre que le régiment était une micro- société, réplique de sa grande sœur, avec les même règles figées d'avantages et d'inconvénients. L'une d'elles était que pour aller au bar, il fallait y être invité par un officier sinon on pouvait toujours courir. Sur la droite, une grande ouverture donnait sur le mess où mangeaient ces messieurs. On verrait ça plus tard. Sur la gauche, une autre grande salle, celle des sous-officiers. C'était pour nous. Un vrai restaurant avec serveurs en tenu et vaisselle propre s'il vous plaît. Il y avait plein de petites tables de quatre, cinq personnes. Déjà, je sentais une montée d'adrénaline monter en moi. Mon premier vrai boulot, nourri, logé, commençait. Encore quelques années et le homard dans les plats d'argent serait à portée de main. Personne ne nous remarqua à l'entrée. Avec mon collègue, nous prenions place autour d'une table inoccupée. Conversation axée sur ce qui nous attendait. Le petit déjeuner fini, on nous dirigea vers le bureau du colonel qui commandait le régiment. Un petit discours de bienvenu puis une plaquette de bois avec le logo du régiment et notre nom en dessous et zouh, direction la onzième batterie. Une batterie est une division du régiment qui en compte six alors allez savoir pourquoi ils l'avaient numéroté onzième celle la ? Nous fumes présentés au commandant. Re-discours, recommandations. On nous attribua un parrain de promotion pour nous accompagner dans nos premiers pas dans cette nouvelle vie active. La onzième batterie regroupait des militaires d'un peu tous les régiments de France. Elle servait à former les nouvelles recrues avant leur incorporation dans leur batterie définitive. Ce qu'on appelait les classes. Je devenais sergent instructeur. Il y avait deux groupes dirigés chacun par un adjudant. Le mien était chauve mais semblait en bonne santé. L'adjudant Gratieu me serra la main après le salut réglementaire. Il devenait mon parrain pour les trois mois à venir. Il me présenta mes nouveaux collègues qui glandaient tous dans le bureau, attendant la nouvelle fournée de recrues à former. Elle arrivait le lendemain. J'avais toute la journée pour feuilleter les classeurs où traînaient les rhodoïds. Ces petites feuilles en plastique transparentes où était inscrit le cours qu'on envoyait sur le tableau via un rétroprojecteur. L'adjudant parti, la discussion fût plus détendue avec les collègues. On papota de tout. Leur régiment d'origine, les raisons pour lesquelles ils se retrouvaient là, les cours à faire. La mâtiné passa vite. A midi, direction le mess avec mes nouveaux copains. Tous les sous-off du régiment se connaissaient mais la onzième batterie faisait groupe à part. Une heure pour manger avant de retourner glandouiller dans le bureau pour le reste de la journée. Voilà comment se passa ma première journée de sergent instructeur. Le lendemain, les nouveaux arrivaient. Accueil musclé, passage à la tondeuse et au magasin pour avoir leur lot de treillis et de rangers. Les premiers jours, je restais un peu en retrait pour observer le fonctionnement d'une batterie. Tout se passait comme chez les civils. On commençait à huit heure par un rassemblement sur une petite place d'arme puis chacun vaquait à ses occupations. Certains habitaient même en dehors du régiment avec femme et enfants. Ils prenaient leur voiture pour venir à la caserne comme n'importe quel pleupleu va dans son usine ou son bureau. Très vite je donnais mes premiers cours. C'était impressionnant au début. Vous rentrez dans la classe et un gars gueule garde à vous. Tout le monde claque des pieds et attend l'ordre de repos que je donnais. Autant dire que mes premiers cours étaient pas terribles. Je découvrais le plan du cours en même temps que les élèves. Les rhodoïds étaient mal foutus mais j'avais la niaque. Je connaissais les matières, j'avais envie de faire du bon boulot. Je demandais à mon parrain si je pouvais améliorer les choses. Accord obtenu, je redessinais les cours avec des schémas plus clairs, plus précis, pour compléter les textes. Je mettais en place la pédagogie que nous avions apprise à Saint Maix. Un capitaine avait parlé d'un singe à qui on apprenait à retourner un bocal pour faire tomber la cacahuète qu'il contenait au lieu d'avoir la main coincée dedans. Mes collègues étaient sympas mais ils venaient du rang. Leurs galons de sergent, ils l'avaient gagné par la sueur sans aucun cours et ça se ressentait sur leur manière de faire. Je prenais de l'assurance.

En plus de la théorie écrite, il y avait la pratique physique. Des après-midi à marcher au pas, à s'arrêter ensemble, à tourner à gauche, à droite ensemble. J'étais content. J'avais l'impression de servir à quelque chose. De la place d'élève qui m'avait valu bien des ennuis au lycée, je devenais professeur. J'avais connu les effets d'une pédagogie de merde, j'en avais chier et je voulais faire mieux. Je chouchoutais mes élèves. Très vite je passais par la case sergent de compagnie. Rappelez-vous, le gars qui rassemble tout le monde le matin pour le présenter à l'adjudant de batterie. Cette fois, plus de peur, plus de problème. Le petit garde à vous poussé à Saint Maix faisais tapette. Ici on gueulait un « g'vous » retentissant avec une réaction uniforme dans les rangs. C'est con mais quand on est jeune, le peu de pouvoir qu'on croie avoir vous remplit de fierté. J'étais un homme qu'en avait. Dans un régiment professionnel la personne compte plus que le grade. L'image de marque vaut plus que le galon. Les cours bien encadrés, les résultats aux courses du régiment gonflaient mon orgueil. Je finissais toujours dans les trois premiers. Devant le régiment rassemblé au grand complet, j'allais chercher la médaille des mains du colonel. Tout ça me donnait une reconnaissance des autres. Celle que je n'avais pas eu au lycée et que j'avais essayé de gagner en faisant l'abruti. J'avais maintenant une paye qui me servait d'argent de poche étant nourri, logé gracieusement par sa majesté. Je pouvais m'acheter les fringues qui me plaisaient, je pouvais aller au Mac Do, au ciné. Je pouvais rattraper tout ce que je n'avais pas pu faire à la campagne. A Draguignan, il y avait des sergents du onzième en formation. Je les avais retrouvé. Ils avaient une voiture. Le soir on atterrissait rue de la soif à Rennes où traînaient des keupons et leurs chiens. Souvent on finissait en boite de nuit. U2 tentait la techno. La mode était encore au cheveux long à cette époque alors notre coupe réglo nous trahissait systématiquement et certaines boites nous refusaient. Souvent, aussi, il y avait ce bar, en périphérie du régiment. Il était tenu par des filles plutôt jolies, ce qui attirait tous les gars en manque d'amour. Ces soirs là finissaient toujours par une biture à la bière qui ressortait systématiquement par où elle était entré. La vie suivait son rythme. Il y avait toujours cette envie de découvrir, d'élargir l'horizon. Les bretons sont fans de bicyclettes, la faute à

Hinault sûrement. Le week-end, grâce à mes collègues véhiculés j'avais pu monter sur Rennes acheter un vélo. Très vite, tous les villages du coin furent visités. Rennes était à une heure de vélo. Je faisais l'aller retour pour m'occuper le week-end. Le trimestre passa très vite, trop vite. Mon copain de Saint Maix intégra une batterie de tir. Mais ça ne me tentait pas du tout. Je trouvais toujours aussi con l'idée de commander une équipe. Même si c'était sur le plus gros canon du monde qui avait connu un franc succès sur le marché nord africain. Je demandais à rester en B11 pour une deuxième session de classe. Mon parrain fit un peu la grimace mais accepta de plaider ma cause au commandant. Une deuxième fournée de troufions arrivait. Un prof en plus générait pas. Cette fois les cours ne posaient plus de problème. Je les connaissais par cœur. Coté endurance, l'entraînement perso que je faisais avait porté ses fruits. Je pouvais les faire courir tout en leur criant des arguments bidons pour leur faire savoir qui était le chef, tout ça sans perdre le souffle. Sans m'en rendre compte, j'étais devenu du même genre que le sergent instructeur inculte qui nous faisait courir pendant les préparations militaires.

L'argent coulant à flot sur mon compte en banque, l'idée me vint d'acheter une voiture. Une jolie clio commerciale rien qu'à moi. La belle ville de Rennes n'était plus qu'à un quart d'heure du régiment. La région avait complété le réseau de voie expresse. Une quatre voies qui avait divisé les agriculteurs et les élus pendant plus d'un an avait jailli de terre maintenant. Le week-end, j'arpentais les rues pleines de boutiques pour dilapider mes sous. Un jour, je tombais sur une librairie ésotérique. Celles qui vendent les bouquins bizarres. Deux gentilles dames s'occupaient de la vitrine. Ma soif de lecture, commencée à Saint Maix, trouva de quoi s'étancher. Très vite, je venais régulièrement acheter un livre sur les légendes, le tarot de Marseille, l'astronomie, l'astrologie, les extra-terrestres. Des classiques comme Edgar Cayce, les atlantes et leurs pyramides. Des théories folles couraient sur celles-ci.

Qui avaient eu les moyens de les construire alors qu'aujourd'hui encore, malgré notre progrès technologique, nous serions incapable de faire la même chose ? A quoi pouvaient-elles servir ? Depuis que les historiens officiels avaient trouvé un sarcophage dedans, l'histoire était restée sur la simple fonction de tombe. Une énorme tombe pour un pharaon égocentrique. Mais la structure avait été étudiée depuis et d' autres idées se faisaient entendre. On parlait de bibliothèques cachaient sous la plateau de Gizeh, de savoirs anciens, de fonctions métaphysiques utilisant l'énergie cosmo-téllurique. Le légendaire breton avait une place importante aussi. Bref, dans ma petite tête, j'engrangeais un savoir ésotérique qui me permettait de m'échapper de la morosité du monde. Je passais mes week-end à étudier.

Les choses changeaient. L'Allemagne s'était réunifiée en cassant le mur de Berlin et je m'éloigner des bitures du week-end. L'avantage de la Bretagne c'est qu'elle n'était pas large. Il y avait la mer à deux heures de voiture dans n'importe quelles directions. Une façade maritime pleine de stations balnéaires toutes les plus prestigieuses les unes que les autres Saint Malo, Dinan, Saint-Brieuc, Quiberon. Avec un patrimoine architectural unique fait de ce fier granit que le vent met longtemps à émousser. Et puis surtout, cette identité culturelle ! Omni présente, partout. Toutes les villes, les petits villages avaient leurs noms indiqués en français et en breton. Avec chacun leur association plus ou moins grande de danseurs en costumes, de musiciens de tout age qui jouaient du biniou ou de la bombarde. Et surtout, il y avait cette campagne. Autant dans mon enfance la campagne était là, autour de moi passant incognito car je n'avais pas le recul. Mais les bretons ont ce respect païen de la nature. Le christianisme ne l'avait pas effacé malgré les croix sculptées sur les menhirs. Elle était parsemée de petits bosquets qui ne servaient à rien mais que personne ne coupait. La roche à nue, sur laquelle poussaient les lichens, empêchait de toutes façons une quelconque utilisation. La duchesse Anne de Bretagne avait promis de ne lever aucun droit de passage sur son royaume. Sa promesse avait traversé les ages si bien que la région était traversée de quatre voies gratos. Le week-end j'enfilais maintenant des kilomètres de routes pour aller au nord, au sud et à l'ouest au lieu de traîner dans les bars. J'avalais la Bretagne comme un gros kouign-amann dégoulinant de caramel au beurre salé. Il ne me fallut pas longtemps pour découvrir Brocéliandre, la forêt magique. Celle où Merlin avait connu l'amour. Elle concrétisait toutes les lectures ésotériques que j'avais fait, mélangeant légendes, histoire préhistorique et renouveau celtique initié par Felix Bellamy. Je passais beaucoup de temps dans cette forêt. J'intégrais un collège néo-druidique. On faisait les cérémonies des solstices et des équinoxes sur les sites historiques. Je donnais à l'assoc le stock de livres qui encombrait ma chambre. Il viendrait compléter la bibliothèque déjà bien remplie. On parlait de tout et de rien, je mélangeais mon peu de savoir dans des discussions passionnantes sur les terrasses de Paimpont, un petit village en plein cœur de la forêt magique.

Le pouvoir d'achat procuré par un emploi nourri/logé me permettait d'investir dans du matériel de qualité. Un bon vélo, des baskettes de course. La vie en solitaire donne plein de temps pour prendre soin de soi. Je courrais dans les forêts, je continuais de la muscu. J'entretenais ma santé mais, petit à petit mes intérêts pour l'armée changeaient. Je n'avais jamais vraiment réfléchi aux réelles moti- vations qui m'avaient entraîné dans l'armée.

L'école était nulle ou du moins elle me semblait nulle. Mon comportement m'avait valu une fausse image ou plutôt l'image qu'un ado peureux veut donner pour qu'on le laisse tranquille. En fait, c'était plus une fuite qu'une progression. J'avais fui la platitude de la vie active telle que je la concevais à l'époque. Je continuais l'apprentissage ésotérique. Je me laissais pousser la barbe. Les choses changeaient. Les femmes de ménage, d'origine martiniquaise ne faisaient plus le ménage dans ma chambre. Je leur faisais peur. J'appris plus tard, qu'un bruit courait sur moi dans le régiment comme quoi je parlais aux morts. Un soldat d'origine gitane me demanda même des cours. Un jour, mon parrain me traita de jeune vieux avec ma barbe. Ce fût un déclic. Il avait raison. J'avais laissé tomber les attractions de mon age pour me tourner vers des notions trop sérieuses, trop abstraites. Il était temps que je revienne les pieds sur terre, que je redevienne jeune. On était vendredi. Le soir même, je me rasais. Les poils de barbe tombaient dans le lavabo comme un vieux costume élimé qu'on jette à la poubelle. Des collègues partaient surfer sur Quiberon. Un peu surpris de me voir imberbe, ils m'acceptèrent dans leur groupe. Nous montions tous dans la voiture direction la presqu'île. La journée passa sur les planches, sur une mer sans vague à raconter des blagues. Le soir, direction le village pour un restau. Il y avait longtemps que je n'avais pas bu du vin, ris spontanément. A l'étage, il y avait une discothèque. C'est lourdement imprégnés que nous allions tenter de danser après manger. Là, dans un recoin de la pièce était une jolie jeune fille. A l'époque, il n'y avait que les militaires et les skins qui avait la tête tondue. J'avais déjà essuyé quelques râteaux en passant pour l'un d'eux. Je décidais une tactique d'approche différente. J'avais plus ou moins bien suivi les cours d'anglais. Ça avait marchait à Paris, pourquoi pas ici ? Je prenais de grandes inspirations pour me rassurer et surtout pour dessaouler un peu. Je lançais la discussion à la british. Elle s'appelait Séverine. Elle était pas venue là pour se faire draguer. Elle était contente de rencontrer un étranger. La discussion suivait son cour quand le DJ lança la première vague de slows. Je tentais le tout pour le tout. Elle accepta. Je ne pu m'empêcher de lever le voile sur mon identité. Elle commençait à s'en doutait un peu de toutes façons. Les slows finis, nous sortions prendre le frais sur le trottoir, pour parler plus sérieusement. Un gars vendait des colliers fait main, avec des pouces pieds, ces petits coqui

-llages en forme de dent de requin. Je lui en achetais un. Je le passais au cou de celle qui allait devenir la première femme de ma vie. Les collègues sortaient à leur tour. Ils étaient rincés. Leur état éthylique leur avait pas permis de conclure sur les slows. Ils voulaient rentrer. Avec Séverine, nous nous fixions rendez-vous le lendemain après midi dans le petit village de Sarzeau. Une petite bise sur la joue pour lui dire au revoir. La nuit fût courte. J'étais impatient de me lever, de la retrouver. Sur la route, je passais en boucle le cd d'INXS que je venais d'acheter. Ça coller bien au paysage estival de la presqu'île avec son herbe roussie et le sable envahissant qu'on retrouvé sur la pochette de l'album. La journée fut magnifique. L'assurance gagnée, le soleil brûlant et surtout Séverine, assisse à coté de moi sur la terrasse. Elle venait d'avoir dix huit ans, deux ans de moins que moi. Elle rentrait à la fac de lettre de Rennes. Le diabolo finit, je l'emmenais sur la plage. Nous parlions toute la journée sans aucune hésitation, sans aucune crainte. Nous nous dévoilions mutuellement. L'heure du repas approchait. Nous devions nous quitter. Cette fois le baiser fut plus sensuel, sans équivoque. Un rendez vous pour le week-end prochain. La semaine fût très longue.

Nous nous retrouvions sur la place du parlement, en plein cœur de Rennes. Nous passions la journée à arpenter les rues main dans la main. Ses parents étaient divorcés. Cette semaine là, elle logeait chez son père. Il m'invita pour le repas du soir. Bon célibataire ne sachant pas cuisiner, il paya le Mac Do à tout le monde. A l'heure du coucher, il ne fit aucune objection quand Séverine m'emmena dans sa chambre. Elle me fit l'honneur de sa virginité, le genre de moment que, dans le moindre détail, on oublie jamais. Le temps continuait de couler, rivière tranquille, mais parfois il y a des accidents de terrains qui provoquent des remouds. Un jour, pour encadrer un raid dans la campagne, mon adjudant me donna un vrai pistolet, avec de vraies balles. Il fallait pouvoir protéger les vrais fusils qui sortaient de la casernes. Cela fut un choc pour moi. Avoir dans les mains un engin de destruction fût un déclic. C'était peut-être l'aboutissement de toutes les lectures spirituelles que j'avais fait avant de me raser. Il faut parfois des incidents comme ça pour mettre les choses en évidence. J'étais à l'armée.

Un des buts premiers de celle-ci n'est-il pas de tuer, quel qu'en soit la raison, qu'on le veille on non ? Pourquoi avais-je fermé les yeux si longtemps ? Je pris conscience que je ne pourrais jamais obéir un ordre m'obligeant à enlever la vie de quelqu'un. Je cherchais le moyen de finir l'armée pour me tourner vers une voie plus juste.

Les gaulois avaient divisé leur société en trois castes. Les paysans, stade que j'avais dépassé. Les soldats, dont je faisais le tour et les prêtres qui ne m'avaient jamais vraiment parlé jusqu'à maintenant. Ma formation d'artilleur ne pourrait pas me servir beaucoup dehors. Je me renseignais pour la suite à donner. Le temps de la onzième batterie était fini. Le colonel me demandais de choisir une batterie de tir mais je ne voulais pas. Je lui fis part de mon envie de changer de spécialité. Pas très content le gars, mais j'étais sûr de moi. Après moultes discussions je fut balancé en batterie de tir le temps qu'il décide de la suite à donner. Comme tous les ans, le régiment partait dans le sud pour un entraînement grandeur nature. Dans le même camp où j'avais suivi la formation d'artilleur. Il fallait traverser la France avec nos gros canons. La journée on tournait sur les plateaux au dessus de Draguignan. A mettre en place la batterie, à simuler une situation de tir. Quand nous n'avions rien à faire, nous tombions le treillis pour courir dans le camp. L'herbe était sèche, calcinée tellement il faisait chaud. Mais cette chaleur, je la sentais passer dans les pores de ma peau, dans mes bras. J'absorbais l'énergie solaire et courrais plus vite, laissant loin derrière moi les autres militaires. Le soir, nous nous retrouvions dans un mess en toile de tente qui abritait toute la hiérarchie, tous grades confondus. Mon envie de quitter le régiment s'était répandue vitesse grand V. Autant dire que j'avais pas beaucoup d'amis. Le régiment, troupe de marine, employait des gars de tous les pays. Parmi eux, il y avait des tahitiens qui pouvaient pas me blairer. A cause des rumeurs ? va savoir pourquoi ? Un soir, un sergent tahipote, complètement saoul, essaya même de me couper la tête avec une hache. De retour au régiment, après ce pitoyable incident, le colonel me muta au régiment de carto-graphie d'Auxerre. Après un samedi passé sur Rennes pour discuter avec Séverine, je mis le cap sur le sud. Notre relation continuait. Nous nous verrions moins souvent. Je quittais la

Bretagne avec tout ce que j'y avais gagné: ma voiture, un baluchon et mon vélo. Huit heures de route pour descendre dans les vignobles. Auxerre était une belle ville, entourée de champs, de vignes et de forêts.

Je passais mes week-end à sillonner la campagne en vélo, à traîner dans les bois. En semaine, les derniers appelés, détenteurs de diplômes civils de géographe nous donnaient les cours de cartographie, avant la suppression du service militaire. Notre cher président Chirac allait le dissoudre. Encore des jeunes qui allaient grossir le rang des chômeurs. L'état n'avait plus les moyens d'entretenir un système qui avait passé son temps. Les soirées bitures ne m'intéressaient plus. Je continuais de voir les néo-druides par intermittence. Le président de l'association s'appelait Jean. Un ancien soldat qui avait perdu ses pieds après une évasion d'un goulag dans les neiges du grand nord. Une nuit, après une journée de vélo dans les bois, où je crus voir des druides se cacher, je fis un rêve. Dedans, il y avait un personnage qui s'appelait Jean endormi et Paul réveillé. Pendant les vacances, je passais au local de l'association druidique. Un petit bonhomme papotait avec Jean. J'entrais dans la conversation. Le monsieur riait toujours malgré le fait qu'il avait lui aussi perdu ses jambes pour je ne sais plus quelle raison. Il se déplaçait en fauteuil roulant. Au moment de partir, il me serra la main, me regarda droit dans le yeux et me dit «va toujours plus loin sur le chemin». Le petit monsieur s'appelait Paul. Mon rêve trouvait toute sa signification. Ce n'est pas Jean ou Paul qui dormaient. Non, c'était moi qui longtemps avais gardé les yeux fermés. Il était temps de se réveiller. De retour des vacances, je pris rendez-vous avec le général du régiment de cartographie. Je lui donnais ma lettre de démission. Quand il m'en demanda le motif, je lui répondis simplement que j'étais devenu anti-militariste. Une raison comme une autre pour quitter l'armée. Ma valise fut vite faite. L'armoire de la chambre sous-off ne contenait pratiquement que des fringues kakis qu'il fallait rendre à son propriétaire. Le petit sac qui m'avait déjà servi pour aller à Saint Maixent revenait sur mon épaule. Une autre page de ma vie était tournée. Je revenais à la case départ sans toucher les vingt milles francs.

Le paysan

J'avais bossé chez Décathlon avant de partir à l'armée. J'y rebossais en sortant. Un petit contrat qui me permettait de démissionner légalement. De retour à la campagne, il me fallait trouver un boulot. J'étais jeune, fort. Les chantiers d'été avaient besoin de main d'œuvre. Les boites d'intérim me proposaient des contrats. C'était arrivé à la fin des trentes glorieuses pour donner de la flexibilité aux patrons et un substitut de contrat aux gens. Je vivotais comme ça en touchant le chômage comme une abeille qui butine de fleur en fleur, toujours à squatter chez les parents alors pourquoi se faire chier. J'avais gardé contact avec Gaëlle. J'avais la voiture et toujours l'envie de voyager alors pourquoi pas profiter des vacances scolaires pour aller en Espagne. Quand j'étais jeune, j'avais atterri dans une colonie qui avait mal tourné. Elle m'avait laissé un mauvais souvenir. Un jour, après une corrida, nous mangions dans un restaurant. Un photographe passait de table en table avec son polaroïd. La photo qu'il me montra me fis un choc émotionnel. Je ne savais pas où était la réalité mais je me trouvais tellement moche en riant sur cette photo que depuis ce jour, je ne souriais plus. Il était temps de corriger ça. Je préparais les valises. Nous descendrions en aventuriers, en dormant dans la voiture. Le jour J, je me pointais chez Gaëlle. Elle faisait du boudin dans sa chambre. Elle refusait d'ouvrir sa porte. Énervé, je ne cherchais pas à savoir pourquoi. Je filais seul vers le sud. Douze heures d'affilée pour arriver à Santander. L'envie de surf fut freinée sec par la taille des rouleaux qui atterrissaient direct sur le sable. Je décidais alors de bronzer sur la plage, de visiter le coin. Le Portugal était à coté alors pourquoi pas y aller ? Là, la mer était plus calme alors baignade avant la bronzette. Je croyais que c'était un stéréotype mais les portugais vendaient vraiment du chorizo. Il y avait sur la plage une cabane en bois, sans frigo. Les saucisses étaient accrochée au plafond avec les mouches qui tournaient autour. Ça plus le profil des baigneuses qui devaient abuser des biscuits apéro, l'idée me vint de pousser jusqu'à voir l'Afrique. Elle m'avait toujours tenté. En avant mon bonhomme, je remontais dans la clio et poussais vers le sud. Je roulais jusqu'à Algésiras. Le paysage était magnifique.

Gaëlle, tu savais pas ce que tu perdais. Les collines se suivaient quand je vis continent noir se profiler à l'horizon. J'étais arrivais au bout de l'Europe. Ce vieux continent m'appelait. On s'était sûrement déjà croisé dans des vies antérieures vu les rêves bizarres que je faisais. Malheureusement, mes finances étant limitées, le ferry serait pour autre fois. Il était temps de remonter. Je mis trois jours pour faire le chemin inverse. De retour en Normandie, il était temps de trouver un boulot sérieux, stable. J'avais appris à tuer, je l'avais appris à d'autres mais en dehors de ça j'avais pas beaucoup d'expériences significatives. Comble de l'ironie une entreprise de pompes funèbres me proposa un job. De derrière le fusil, je passais devant le cercueil. Les familles s'effondraient, en larme et je restais de marbre, comme une pierre tombale, à proposer le cahier de condoléances. Les enterrements se passaient le week-end en général. Le reste de la semaine je glandouillais pour une paye pas terrible. Ça m'occupait le temps de trouver autre chose. Je garais ma petite clio sur le bord de la route. Quelle ne fût pas ma surprise un matin, en revenant des bureaux de l'ANPE, de la trouver défoncée sur tout le coté. Un voisin m'expliqua qu'une grue de passage avait perdue un pied de calage pile-poil en passant à coté de Titine, ma voiture. Le conducteur n'avait pas pris la peine de laisser son numéro de téléphone le salaud. Je prévenais l'assurance qui envoya illico un expert. Bien sur, la moindre bosse sur la carrosserie, la moindre tache sur les sièges et les égratignures furent relevées. Bien sûr, les frais de réparation dépassaient la valeur à l'argus de ma pauvre voiture. Je pouvais m'asseoir dessus pour en avoir une autre. Après tant de temps sur les routes de Bretagne, ce voyage jusqu'au porte de l'Afrique, la voir partir sur le remorqueur m'arracha une petite larme. Il devenait urgent de se bouger les fesses pour trouver du boulot. La tapisserie des agences de Pole emploi regorgeait d'offres d'emplois qui nécessitaient des compétences que je n'avais pas. Je venais régulièrement voir tous les petits papiers accrochés au mur, rangés par spécialité. Petit à petit l'idée d'une formation grandissait. Là, au milieu des offres de formation je trouvais un stage d'agriculture bio. C'était un nouvel état d'esprit, une nouvelle tendance qui émergeait. L'homme devait se rapprocher de la nature. Comment le faire mieux qu'avec ce qu'il mangeait ? L'idée me plaisait, moi qui avait passer mon enfance dans la forêt. Il fallait monter un dossier. Je continuais d'enterrer les gens en attendant la réponse. Elle arriva en avril. Encore une aventure. J'avais pas beaucoup de sous. Je n'avais plus de voiture mais il me restait le vélo. Petit sac à dos et en avant sur les routes pour rejoindre le centre de formation en pleine campagne, dans la Dordogne. J'arrivais un jour en avance. Le soleil brillait. Je cherchais un coin pour passer la nuit. Un petit bois devant la ferme ferait l'affaire. Une rivière y coulait, elle remplacerait la salle de bain. Le lendemain matin j'arrivais le premier dans la cour. La ferme nous servirait de centre de formation pendant deux mois. Petit à petit, les autres stagiaires arrivaient. Il y en avait de tous les ages, de toutes les couleurs. Une aventure à taille humaine commençait. Il fallait trouver un logement pour tout ce p'tit monde. Un groupe de six se forma, je l'intégrais. Les occasions de se loger n'étaient pas nombreuses dans le coin. Nous tombions sur un gîte un peu à l'écart. Deux personnes avaient une voiture. On commençait la solidarité. En fin de journée, nous partions dans le village le plus proche pour remplir le frigo. Les questions de caisse commune, de choix individuels et collectifs s'imposaient dès le début. La petite communauté se formait. Le chalet avait une capacité de quatre, nous étions six. Qu'a cela ne tienne, le salon fut aménager en dortoir. C'était vraiment bien. La soirée se passa en présentations, tout en faisant la cuisine pour tout le monde. Repas collectif puis discussion jusqu'au bout de la nuit. Édith, la seule fille du groupe parti se coucher, suivie du reste des gens. La nuit passa rapidement. Le lendemain, petit déj collectif dans la cuisine avant de se répartir dans les voitures pour le premier jour.

Eric serait notre prof pendant tout le stage. C'était un chasseur qui s'était reconverti dans l'enseignement. En dehors des cours, pendant les week-end, le groupe se divisait pour les courses, les visites du coin avec les vélos qui traînaient dans le garage des propriétaires du gîte, un couple de p'tits vieux. Nous étions jeunes, nous étions fous. Très vite nous fîmes connaissance avec des autochtones tous contents de voir des nouveaux venus dans leur cambrousse désertes. Soirées dans le gîte, pique-niques dans les forêts alentour. Tous cela sans souci d'argent. Pendant toute la formation, il ne fut pas un problème. La collocation du gîte, la caisse commune permettait de vivre bien sans trop dépenser. Je ne sais pas si le bonheur rend séduisant mais pendant la formation, j'avais un pouvoir de séduction amplifié. Je le sentais qui agissait sur les filles que je croisais. Parmi elles, il y avait les trois Maries. Une tahitienne expatriée avait donné à ses toutes ses filles un prénom composé qui commençait par Marie. Je n'en abusais pas. J'étais plutôt du genre à continuer d'étudier. Fini l'ésotérisme. Je me mettais à l'humanisme, la philosophie. Henry David Thoreau, un autodidacte du dix neuvième siècle avait passé plus d'un an dans une cabane pour faire le point sur l'utile et l'accessoire. Il en avait conclu qu'être libre, ce n'était pas de voter pour qui l'on veut. Non, pour lui, être libre c'était être disponible aux appels de la réalité intérieure. Cette citation m'avait beaucoup marqué. Une réalité intérieure, quelque chose d'autre que notre entourage immédiat ?

Il m'arrivait de prendre le vélo et de m'enfoncer dans les forêts alentour pour y réfléchir. Le printemps était déjà là. Il faisait beau, chaud. Dans une optique new-age, parfois, je me déshabillais et montais dans les arbres pour partager l'énergie de ceux-ci, ma peau collée sur leurs écorces. C'était une expérience indescriptible. Prés du gîte, il y avait un petit étang. Le matin, avant d'aller en cours. A nouveau nu, je m'enfonçais dans l'eau pour me laver. Le soleil se levait. Il éclairait d'une lumière jaune orangée la surface de l'étang, faisant des milliers de petits reflets sur les rides que faisait la baignade. J'étais un soufi qui saluait le feu créateur repartissant mille paillettes dorée sur l'eau. Parfois, je m'amusais à pêcher. Les poissons aimaient ça car ça mordillait souvent. Je levais une petite carpe que je remettais direct à l'eau. Une fois, le poisson étant plus gros, l'idée me traversa l'esprit de le garder. Au gîte, il nous arrivait parfois de faire les robinsons en mangeant des fruits sauvages. Je décidais de tuer le poisson. Je pris un caillou et frappais sa tête . Des cris perçants me vrillèrent les oreilles. Il remuait dans tous les sens, se tordant de douleur et je n'arrivais pas à le tuer. Je frappais, frappais jusqu'à être sûr qu'il ne soufre plus. Après ce meurtre, plus aucun poisson ne vint mordre à l'hameçon. Le soir, la pauvre carpe atterrit dans le four de la cuisine. Quand je parle de cet événement, les gens rigolent pensant qu'on ne peut pas entendre un poisson. Mais on entend bien les dauphins, pourquoi pas les plus petits ? C'est là que j'ai commencé à réfléchir au régime végétarien. Le stage avançait, les matières se succédaient: compostage, exploitation des surfaces, rotations. Normalement, chacun avait été admis avec un projet viable pour la suite. Malheureusement, comme c'est souvent le cas pour les formations, pour remplir la promo, l'agence avait pris tous ceux qui se présentaient. Peu de personne avait réellement quelque chose à proposer. Édith avait bien un frère en Guyane qui gérait une plantation de bananes mais pas de boulot plus précis. La fin approchait. La fin d'une période heureuse, sans aucune contrainte. Les événements s'accordaient pour nous faire la vie belle. Un jour, une voiture en panne nous empêchait d'aller en cours. Nous partions avec Édith sur la route faire du stop, espérant que cela permettrait d'arriver à l'heure à la ferme. Le hasard faisant bien les choses. Eric, notre professeur, qui avait loupé sa route, nous pris au passage et nous arrivions en cours sans problème. C'était un des nombreux exemples qui permettaient de croire en une force invisible. Plein de petits détails comme ça qui font penser que le bonheur se construit dans la tête avant de s'incarner dans le matériel. Était-ce cela la réalité intérieure de Thoreau ? Les deux mois étaient passé vite. Le stage était fini. Édith était remonté sur Paris où elle travaillait. Tous, nous étions repartis chez nous, à la recherche d'une nouvelle source de revenu. Cette formation était trop en avance sur son temps. L'agriculture bio débarquait à peine en France, trop novatrice. C'étaient les balbutiements de ce qui serait pour la suite un gros marché bien juteux. Mais pour l'instant, seul les propriétaires terriens, ayant déjà des terres, pouvaient se lancer dans l'histoire. Sinon, les sommes à emprunter pour monter une exploitation décourageaient vite tous les espoirs. L'été avançait. Mon cv indiquait mon passé d'instructeur militaire. Le propriétaire de la ferme m'embaucha pour encadrer les récoltes avec Vincent. Un ingénieur agronome qui finissait lui aussi la formation sans plus de projet que cela. En attendant le début des récoltes, nous travaillions avec les ouvriers de la ferme. Tous des portugais très sympas. Je ne leur parlais pas des chorizos de la plage. Le soir, nous avions la ferme, maintenant vide, pour nous tout seul. J'étais toujours le baba cool à deux balles à faire du stop pour aller faire les courses à Romorantin, le patelin le plus proche. Un week-end, une fille s'arrêta. Elle était belle, intelligente. Elle avait envie de parler. Aussi, après les courses, nous allions prendre un pot au bistrot du coin. Cécile travaillait dans l'imprimerie. Ça la branchait pas trop mais les offres d'emploi dans cette région rurale couraient pas les rues. Nous parlions de nos rêves, de nos projets qui resteraient sûrement à l'état d'embryons cérébrales. La fin de journée passa vite. C'était l'heure du repas. Sur la route, Cécile me demanda si je voulais aller en boite le soir même. Comme Vincent était un peu chiant à table, j'acceptais. Rendez-vous fût pris pour vingt deux heures au bout du chemin. Cécile s'arrêta devant la barrière. Elle m'envoya un petit kiss de la main en repartant.

En remontant l'allée, je repensais à Séverine, la bretonne. Je ne l'avais pas vu depuis long-temps. Du temps de ma retraite barbue, à l'armée, j'avais pris des notes dans un gros cahier sur tous les bouquins que j'avais lu. Je l'avais laissé de coté après mettre rasé. Je lui en avait parlé et Séverine avait voulu le voir. Je lui avais passé mes notes mais sa mère était

101

tombée dessus. Bien que couguar avant la mode, avec très peu de morale, madame s'était indignée. Elle m'avait traité de tout les noms, de sorcier, de gourou. J'étais banni de ce coté de la famille. Notre relation en avait pris du plomb dans l'aile mais nous étions toujours ensemble. Courir après une autre fille alors que j'étais encore maqué me dérangeait. Je décidais d'appeler Séverine mais elle n'était pas là. J'aurais au moins essayé. Avec Vincent, nous mangions de la courge. Il y en avait partout dans les champs autour de la ferme, il n'y avait qu'à se servir. On venait d'apprendre toutes leurs caractéristiques. Je prenais une douche, me brossais les dents. J'attendis sagement dix heures en bouquinant sur mon lit. A l'heure dite, quand les dernières lueurs du soleil s'estompaient à l'horizon, les feux de la Renault cinq éclairèrent la cour de ferme. Si je ne l'avais pas vu, le klaxonne s'assurait que j'étais au courant. Je prévenais Vincent que je rentrerais pas trop tôt ce soir et fonçais vers la voiture. Cécile était au volant. Derrière, sa sœur Marie riait de bon train. Je pris place devant. La voiture démarra.

Nous roulions vingt bonnes minutes en rigolant comme des petits fous. Il faut bien que jeunesse se passe. Sur le parking de la boite, nous rejoignions d'autres copains. Toute la bande était là mais avant de monter sur le dance floor, un petit rituel nous attendait. Dans les voitures chacun alluma son pétard. C'était pas la première fois que je sentais ça. Très vite la voiture se transforma en aquarium. La fumée était si opaque qu'on ne voyait même plus dehors. Un fois le filtre atteint, tout le monde se précipita vers la boite. Le DJ passait de la techno, j'avais pas l'habitude. Mon année passé dans l'armée m'avait privé de la progression musicale. J'étais resté au rock. Mais heureusement, il y avait toujours les slows. La première série arriva. Cécile et moi, jeunes gens en rut, furent submergés d'hormones de plaisir. L'envie explosait par tous les pores de la peau. Nous ne nous cachions même pas. Ça devenait gênant. En fin de compte, Cécile prévint ses copains qui ramèneraient Marie. Nous sortions, toujours sous l'effet des hormones à nous rouler des pelles, nous vautrer sur les voitures pour que nos corps se cherchent. L'envie était là. C'était la première fois que ça me faisait ça. Il fût difficile de tenir sur la route. Nous arrivions dans la cour de ferme. La porte était ouverte. Nous montions directement dans la chambre. Les fringues volèrent dans tous les sens. Nos corps se joignirent, se collèrent encore et encore dans une chorégraphie endiablée où les positions se succédaient dans un rythme fou. La nuit fut longue, très longue. Je me surpris à prolonger le plaisir jusqu'au petit matin le corps toujours rigide. Dimanche commençait avec un lever de soleil sublime comme on peut n'en voir que dans les campagnes. Il éclairait la chambre redevenu calme, soulignant le silence. Après une grasse mat à profiter de l'instant présent, nous passions toute la journée à parler. A entretenir nos illusions sur la vie future. Cécile rentra chez elle. Les récoltes commenceraient le lendemain. J'avais cinq personnes sous mes ordres pour ramasser les cucurbitacées en tous genres. Vincent aussi. Mais très vite, il se montra incapable de gérer l'affaire. Le patron le rétrograda. Je récupérerais tout ce p'tit monde en une seule équipe. Nous nous occupions du ramassage des courges. Pendant la cueillette, nous les mettions dans des bacs en bois qui restaient dans les champs. Les portugais les récupéraient et les ramenaient dans les hangars où ils étaient stockés.

Première expérience d'encadrement après

l'armée. Ça se passait pas trop mal. A la pause, dans les champs nous profitions des melons trop murs pour la vente. Le week-end je voyais Cécile, nos envies charnelles ne se calmaient pas. Sa sœur, Marie, avait rejoins l'équipe des récoltes. Le patron me proposa une rallonge de contrat pour la palettisation. Cette fois, s'était statique. Il fallait calibrer les courges et faire les palettes selon les commandes envoyées par les grandes surfaces.

Avec le recul, ce fut encore une belle période. Pas de problème de logement ni de nourriture. Une existence conjugale simple mais efficace. Mais comme dit la chanson, c'est un beau roman, c'est une belle histoire. Le travail était fini. Il fallait remonter dans le nord. Après tant d'aventures à travers la France, je ne pouvais pas remonter squatter chez les parents. Gaëlle habitait à Rouen pour ses études, un petit appart en plein centre ville. Je lui proposais de partager les frais. A ma grande surprise, elle accepta. J'atterris donc dans la capital de Haute Normandie avec Cécile qui voulait connaître le nord. Une superbe ville, coupée en deux par la Seine. A gauche, les pauvres, à droite les riches. Tout le cœur historique était sur la rive aisée. Un passé glorieux financé par les caisses du duc de Normandie, le premier roi d'Angleterre d'origine française. Le passé se lisait sur tous les monuments et les façades des vieilles maisons en pan de bois. Ils avaient même gardé la place où avait brûlé Jeanne d'Arc la pucelle, joyeux barbecue du haut moyen-age que la pollution des gaz carboniques ne semblait pas gêner. Cécile ne resta pas longtemps. Le charme était retombé, notre histoire se terminait bien. Elle redescendit là-bas dans le midi. Gaëlle allait à la fac avec plus ou moins d'assiduité. Nous avions le temps de discuter, de traîner dans la ville. Nous n'avions pas de télé, peu de sous. L'hiver, la buée gelait sur l'intérieur des vitres de l'appart. Très vite, je découvris la bibliothèque des beaux arts. Un superbe bâtiment du dix-neuvième siècle. Avec une collection incroyable de livres plus ou moins anciens. Après la Bretagne, la connaissance du cycle arthurien me trottait toujours dans la tête. Là, j'avais toute une collection d'encyclopédies, de livres de toutes langues, toutes époques sous la main. Je vivais du chômage et je croyais l'avoir mérité. Ça me laissait le temps de m'instruire. Chose que le pouvoir d'achat de la vie n'avait pas donné à mon père. Je passais de la bibliothèque des beaux arts à celle de l'université, pas mal non plus avec ses collections complètes d'auteurs grecs et romains. Je voyais Gaëlle à la cantine où j'arrivais toujours à acheter un ticket à un vrai étudiant. La vie était belle encore, la bohème sans l'absinthe. Je m'inscrivais aux cours de jonglage. J'apprenais le diabolo. Entraînement sur le parvis de la cathédrale devant les regards médusés des petits enfants. Mon maigre pouvoir d'achat me permis quand même de m'acheter un appareil photo. Je passais les journées à traîner dans les rue pour trouver des angles sympas. Il y avait tellement d'histoires inscrites sur les murs de cette ville.

Mes progrès en jonglage se voyaient. Je rejoignis une assoc qui donnait des spectacles dans la région. Mon goût pour la couture me permettait de faire des costumes pour tous ses membres. Voyant cela, Gaëlle eue l'idée de monter sa propre association de spectacle. Nous étions trois. Gaëlle et Olivier qui géraient les comptes et tenaient la place de conteurs. Moi qui m'occupait des costumes et des décors. Nous vendions notre spectacle aux comités d'entreprises pour les fêtes de fin d'année. Tout roulait très bien. Par moment, Séverine, l'autre copine du lycée, descendait de Paris où elle faisait ses études pour passait un week-end avec nous. Un soir, elle me présenta Stéphanie. Une étudiante en droit international qui aimait la photographie. Ma pratique récente fût un prétexte tout trouvé pour entrer chez elle et la draguer ouvertement. Je ne sais pas pourquoi mais mon charme diabolique opérait toujours. Moi qui avait mis si longtemps à vaincre ma peur du sexe opposé, maintenant je n'avais plus de crainte, ni de problème à finaliser une relation. Stéphanie aimait autant que moi les récits fantastiques, les contes et les légendes. Elle avait une voiture. Aussi je lui proposais de faire un tour en Bretagne, dans la forêt magique de Brocéliandre, le temps d'un week-end. J'avais eu tout le temps de l'arpenter de fond en comble pendant mes années militaires.

Elle accepta. Nous roulions toute une après-midi pour arriver à Plélan puis à Paimpont. La nuit tombait, révélant la pleine lune qui sortait de derrière les nuages. Nous décidions de dormir dans la voiture, sur le parking sauvage de Fol Pensée. C'était un petit hameau qui tirait son nom de son passé thermaliste. Il était au pied de la colline où se trouvait la fameuse fontaine de Barenton. Celle qui faisait des bulles avec un gobelet en argent depuis longtemps disparu. Avec Stéphanie, nous avions eu des nuits torrides à Rouen. J'essayais de relancer l'affaire dans la voiture mais ça ne marchait pas. Nous étions tous les deux irrités, agacés par une force invisible. Tout à coup, le dragon se réveilla. Comment expliquer cela autrement ? Nous étions à l'abri dans la voiture, éclairé par la lune mais une peur s'insinuât dans nos esprit. Une onde frappa nos corps. Tous nos organes le ressentaient et c'était malsain. On sentait une oppression qui instillait la peur, le malaise. On ne mit pas trop de temps à décider de partir. Stéphanie alluma le moteur et nous quittions le parking. Une fois la colline éloignée, la peur cessa d'un seul coup. Le calme était revenu. La bête devait être puissante. Est-ce pour canaliser son énergie que les égyptiens avaient construit Gizeh ? C'était une expérience qui révélait la puissance de Mère Nature. Sans aucune préparation, je donne pas beaucoup de chance à celui qui voudrait chevaucher la bête. Nos ancêtres préhistoriques eux aussi devaient bien la connaître avec tous ces menhirs qui lui ser-

109

vaient de clôture. Le voyage avait un petit coté initiatique. Au levé du soleil, la nature avait retrouvé son calme. Nous montions sur la colline voir le hêtre de Ponthus où un bébé poilu comme Merlin était né. A l'époque, les filles devaient pas avoir trop de problème d'épilation car un simple baptême et hop, le bébé était devenu imberbe. Après l'arbre, la fontaine magique. Là où Merlin avait rencontré Viviane, son grand amour avec la fin tragique que l'on connaît tous. Nous jetions une petite pièce qui tomba sur le fond vaseux. Après quelques bulles, un vœu et nous repartions vers Rouen.

Peu d e temps après, Stéphanie s'envola vers l'Amérique du nord pour travailler là bas dans le design d'intérieur. Adieu Stéphanie.

Je pouvais me laisser pousser les cheveux alors que la mode était maintenant de les tondre. Le monde changeait. Grâce à l'accord de Schengen, l'Europe n'avait plus de frontière. Jacques Chirac, avec qui j'avais mangé à Paris, devenait Président de la République. Bien que le spectacle de notre assoc se vendait, les finances perso n'étaient pas terribles. J'arrivais en fin de droit. Il fallait trouver quelque chose. Le monde du spectacle était intéressant. Les prestations jongleries dans les villages, les spectacles vendus aux C.E, tout cela avait réveillé en moi le goût de l'animation. Le système social français était quand même bien foutu. Il permettait de s'épanouir si l'on s'en donnait les moyens. Encore un truc que la vie apprend quand on fait attention à ce qui se passe autour de nous. Je cherchais une formation en rapport avec tout ça et le hasard, toujours lui, m'aida un peu. Une formation se mettait en place : animateur loisir tourisme. La dimension touristique se développait en France. Il fallait fournir aux villes et villages du personnel compétent, qualifié, pour soustirer des sous aux touristes. Comme toujours, il y avait des impératifs à respecter pour entrer. Par exemple, Il fallait le brevet d'animateur colo que, bien sur, je n'avais pas. La formation était une première. Un essai de la chambre de commerce. Pour avoir son quota d'apprentis, le responsable ferma les yeux une fois de plus. Il y avait des stages prévus et l'un d'eux pourrait servir à valider ce fameux brevet. Les cours se déroulaient sur Rouen, en plein cœur de la ville. C'était super. Un p'tit déj à l'appart avec Gaëlle, un quart d'heure de marche dans les rues qui s'éveillaient doucement et la journée commençait. Cours de français, d'anglais. Les formations pour adulte avaient, quand elles sont bien faite, le pouvoir de redonner goût à l'apprentissage. Autant au lycée, toutes ces matières m'ennuyaient car elles restaient abstraites, autant, plongé dans un cadre précis, leur besoin devenait évident. Avec l'envie de bien faire, apprise à l'armée, rappelez vous, ce ménage bien fait, je m'appliquais. Coté artistique il y avait le dessin nécessaire pour faire de belles tablettes de promotions des événements touristiques en tous genres. Tout cela assisté par l'ordinateur qui avait bien évolué depuis le collège.

Il y avait des cours de théâtre. Pour prendre confiance en soi et être capable de monter des spectacles, des manifestations tous publics. Pour finir, il y avait aussi des matières plus mercantiles histoire de bien presser les agrumes pour en tirer tout le jus. La programmation neurolinguistique en faisait partie. Tout un langage à déchiffrer avant même de parler. Notre prof, FDB, Françoise de son p'tit nom, était très forte dans le domaine. Elle faisait en sorte que le gars en face de vous dans l'office de tourisme vous livre tous ses secrets s'en même s'en rendre compte.

Mentalist était né avant l'heure. Le grand stage s'étalant sur les vacances scolaires arriva. Le moment de rattraper le manque de diplôme était venu. Nous étions deux dans cette situation. Nous partions au Camp du Loup, un village vacances dans le sud de la France.

La première quinzaine se passa bien. Ce ne fut pas le cas pour la suite. Un directeur de colo arrivait. De son tee-shirt débordait l'excédent de matière adipeuse qui sortait de partout, ventre, cou, aisselles. Il était suivi par son adjoint très docile, maigre avec des varices qu'on voyait sur ses jambes imberbes. On aurait dit les paramètres d'Homer Simpson et de son patron Charles Montgomery Burns redistribués en vrac, mais en plus mesquin. Lors des réunions, il était vautré sur son fauteuil à manger du raisin comme un citoyen romain se goinfrant en banquet, un pied sur son bureau, l'autre traînant par terre, la main ballante sur l'accoudoir du fauteuil. L'ambiance se dégrada très vite. Je fût renvoyé, laissant ma collègue seule avec ces empaffés. Le directeur de la formation rouennaise n'était pas très content. Il fallait trouver vite un autre stage de remplacement. Le hasard une fois de plus arriva. Gaëlle avait une copine directrice qui m'accepta dans son équipe. Je repartais cette fois en Bretagne, proche de la forêt magique. Les mois de juillet et d'août passèrent à toute vitesse. Le manque de sommeil était effacé par une entente terrible qui régnait au sein de l'équipe d'enfer. Mon charme faisait des ravages dans les rangs des animatrices. Les veillées au bord du feu à raconter les légendes aux enfants, à manger des marshmallows, les sorties vélos, les stages d'équitation pour les gamins. Tout se passa très bien. Le renvoi du premier stage fut oublié, la formation pouvait continuer. Les cours s'accéléraient. Les examens approchaient. On révisait tous, assis sur la pelouse ou allongé à profiter des derniers rayons chauds du soleil. Presque tout le monde eut son diplôme. Et comme toujours, peu trouvèrent un job correspondant. J'avais rejoins Gaëlle dans son nouvel appart. Pour y aller, il fallait traverser les rues où les prostituées tapinaient. A force de se voir, une politesse s'installait. Bonjour, bonjour. Mon enthousiasme chutait en parallèle avec la température de l'automne. Je n'accompagnais plus Gaëlle à la piscine, je trouvais l'eau trop froide. L'envie n'y était plus. De l'enthousiasme de l'été, je passais à la névrose de l'hiver. Je vivotais de petits boulots.

Je surveillais les enfants à la cantine, dans les cours de récré. Je vivais de missions d'intérim plus ou moins longues. Ma vue baissait, mes yeux me faisait mal parfois. Je décidais de prendre rendez-vous chez un ophtalmo. A l'époque, il y avait encore suffisamment de praticiens pour pas poireauter un an comme aujourd'hui. Dans la salle d'attente, son diplôme était bien en évidence, à coté de son parcours hospitalier parisien. Le gars qui se l'a joue un peu beaucoup. J'entrais dans le cabinet. Examen classique, rien de concluant, je payais et sortais. J'avais du temps devant moi aussi je m'essayais à la chanson. Les petites annonces du journal donnait des numéros de téléphone. Je tentais le coup. Je rencontrais plusieurs gars, fit des essais dans les garages mais rien de bien concluant.

Nirvana faisait un carton. Qui eu crut que peu de temps après Kurt aller rejoindre le groupe très très fermé du club des vingt sept.

L'été revenait déjà. Avec Gaëlle, nous avions passer une année quasi scolaire de plus ensemble, en collocation sans aucun problème. Chacun à draguer de son coté, à sortir en boite avec les anciens monos des colonies de vacances. Il fallait rendre l'appart ce qui voulait dire retourner à la maison. Mon frère était en train de divorcer. Les parents gardaient ses filles le temps qu'il trouve un boulot. Ça faisait du monde à la maison. Le soir, je lisais des histoires aux nièces puis j'allais faire des tableaux. La peinture à l'huile, je l'avais commencé très tôt. Je n'avais jamais eu vraiment le temps de la pratiquer plus sérieusement que ça. J'essayais des expos. Je réussissais même à vendre un tableau, comme Van Gogh. Parallèlement, je continuais la chanson. J'avais trouvé un groupe dans un village voisin. Le week-end, on se retrouvait à boire des bières dans les bois pour trouver l'inspiration, refaire le monde. Mes yeux continuaient à faire des histoires alors je retournais voir un spécialiste. Cette fois, après observation, il m'envoya passer un scanner, puis un IRM. A l'hôpital, dans la salle d'attente, je trouvais le moyen d'obtenir le numéro d'une infirmière mariée. Mon charme surnaturel continuait d'agir. Il y a des choses qu'on comprend pas sur le moment mais dont la vie nous donne les raisons plus tard. La dame me dirigea vers la salle d'examen, me passa la tenue avant de repartir. Le résultat fût

116

sans appel. Un tumeur se développait dans ma boite crânienne. C'est elle qui appuyait sur l'œil. L'ophtalmo l'avait vu mais il voulait en être sûr. Le stade était trop avancé pour tenter la chimio. Il fallait ouvrir le crane, enlever le cocon de la bête qui se développait ou la laissait me tuer.

Interlude musical

En me réveillant, je voyais un rayon de lumière filtrer à travers les rideaux. Je mis du temps à comprendre que quelque chose m'empêchait de bien voir. J'étais dans le gaz. J'avais sur la tête un turban de maharadjah suite à l'opération. Mon réveil avait attiré une infirmière qui m'expliqua lentement la chronologie des événements. On m'avait ouvert le crane pour en enlever la tumeur. Rompre l'os et en sucer la substantifique moelle qu'avait dit Rabelais, tu parles. L'opération avait duré douze heures. Douze heures de combat des chirurgiens avec mon corps qui voulait partir. Hémorragie, clip sur une artère pour la stopper.

L'incision avait coupé un nerf qui contrôlait le mouvement de mon œil gauche. Maintenant il n'avait plus que trois muscle sur quatre qui le maintenaient en place et il virait de bord. Pour éviter la douleur, on m'avait plongé ensuite dans un coma artificiel quinze jours, le temps que ça cicatrise bien. Je venais d'en sortir. Je mis du temps à encaisser le choc. Mon cerveau était encore embrouillé par les médicaments dont on m'avait gavé. Il fallait du temps pour émerger. Les infirmières venaient me laver, m'aider à manger. Mon corps trop longtemps endormi avait du mal à bouger. Mais la vie continuait. Un jour, elles firent basculer la barrière du lit. Il fallait que je marche, ou plutôt, que je réapprenne à marcher. La première fois je fis trois mètres, pas plus. Je mis toute une semaine pour monter les escaliers. Avec mon œil en moins, mon cerveau avait du mal à estimer la place de mon corps dans l'espace. Je me cognais souvent aux portes, aux murs. Je ne sais pas où, mais je trouvais une force pour avancer, pour reprendre en main la vie que la médecine avait prolongé. Ce fût dur. Les amis venaient me voir, les parents aussi mais je me sentais diminué. Moi, surhomme qui courrait dans les bois sans perdre haleine, je me retrouvais à peiner pour marcher. Courir c'était même pas la peine d'y penser. J'avais la tronche qui ressemblait à rien avec un œil qui foutait l'camp. Comment j'avais pu en arriver là. Moi qui avait quitté l'armée par conviction quasi religieuse, qui m'était rapproché de Mère nature pour revenir aux sources. Comment cette mère ingrate avait pu me faire ça ?

Je comprendrais plus tard qu'elle ni était

pour rien, que seules mes actions plus ou moins préméditées m'avaient emmené sur le chemin de la maladie mais pour l'instant il fallait que je retrouve l'envie de vivre.

Je commençais à marcher mieux. Je pouvais descendre dans le hall mais partout je croyais les regards fixaient sur moi, sur ma tête d'infirme. Les impératifs administratifs ne me laissèrent pas le choix. Il fallait libérer la place. Les parents me ramenèrent à la maison. Une fois de plus, je rentrais au village. Rien ne m'intéressait, sauf la forêt. J'y avais passé toute mon enfance. J'y retournais à pied pour remuscler mon corps. Elle était toujours aussi belle. Elle me donnait des forces. Je tentais même de recourir mais il était encore trop tôt. Les jours passèrent. Mon médecin traitant, homme de terrain, avait réussi à me mettre en arrêt maladie avant la fin de mon dernier contrat. Du coup, la sécu me devait deux mois de cotise. Je ne sais plus comment mais Séverine, la bretonne, la première femme de ma vie, avait appris la nouvelle. Elle était en stage, en Chine. Elle me demandait si je voulais la rejoindre. Des discours contra-dictoires se battaient dans ma tête. Serais-je encore assez bien pour elle ? Le voyage, les sous de la sécu mais surtout Séverine me décidèrent à partir. Cela faisait presqu'un an qu'on s'était quitté. Il s'en était passé des choses depuis.

Je prenais le train pour Paris, croyant voir tous les regards braqués sur moi. Métro, caché dans la foule puis le bus pour l'aéroport d'Orly. C'était la première fois que je prenais l'avion. Dix heures de vol avec escale à Moscou. J'atterrissais au matin sur le sixième continent. Hong Kong avec ses buildings ultra-modernes et ses bateaux traditionnels dans les estuaires de la mer de Chine. Le passeport que m'avait donné l'armée, bien que n'ayant jamais servi, était encore valable. Le beau gosse sur la photo avait un œil en moins. Est-ce que ça passerait aux douanes ? Le gardien me regarda puis tamponna sans plus d'histoire que ça. J'entrais sur le territoire chinois. Je l'avais enfin mon tour du monde mais je m'en foutais un peu à ce moment là. C'est surtout le regard de Séverine qui me faisait peur. Elle était au courant mais comment allait-elle réagir en me voyant ?

Bien, elle réagit bien. Séverine n'eut même pas un de ces petits gestes dans le regard que nous avait appris déceler la programmation neurolinguistique. Avec le recul, c'est là que l'on voit l'amour en application. Je voulais lui prendre la main, l'embrasser mais elle ne voulait pas disant que les coutumes locales verraient mal ces comportements occidentaux. Nous traversions Hong Kong en métro. Les chinois couraient dans toutes les stations bien que les rames nous laissaient largement le temps de monter. Je dévorais Séverine des yeux. Comment avais-je pu quitter une fille comme ça ? Avec le temps, elle était passée du stade d'étudiante timide à celui de femme fatale. Le métro nous laissa à la périphérie de la mégapole. Nous montions dans un minibus en piteux état. Nous filions à travers les champs entrecoupés de chantiers monumentaux. Il n'y avait pas de route goudronnée, pas de barrière. Séverine m'expliqua que le district de Shenzhen était particulier. Pour éviter un exode rural massif, les autorités l'avaient fermé au trafic interne. Seuls étaient autorisés à s'y déplacer les travailleurs qui bossaient sur les nombreux chantiers. Une ville nouvelle se construisait dans les champs. Les collines étaient rasées pour faire de la place et la terre recueillie bouchait les estuaires pour gagner en surface sur la mer.

Des immeubles en construction jalonnaient la route. Dés qu'un passager voulait descendre, il criait au chauffeur qui s'arrêtait sur le bas coté sans plus de prudence que ça, en dérapant dans la terre sèche. Le gars descendait puis le mini bus repartait soulevant un nuage de poussière. Après vingt minutes, nous arrivions au centre de la nouvelle ville. Les bâtiments neufs côtoyaient les anciens. On les reconnaissait suivant la mousse qui avait déjà pousser sur leur faces nord. Nous descendions près d'un supermarché. Séverine vivait en colocation avec deux filles pour assurer le paiement du loyer assez élevé. Une sud américaine et une coréenne qui n'étaient pas là. A l'abri du regard des autres, elle pouvait enfin librement exprimer son désir. Elle m'entraîna directement dans sa chambre pour retrouver l'homme qu'elle n'avait pas vu depuis si longtemps.

Malheureusement, ma prestation sexuelle ne fût pas à la hauteur de ses attentes. Je l'avais connu plus prude que ça. Je me perdais dans des explications confuses mais Séverine ne m'en voulait pas. Nous passions l'après midi à parler, à nous retrouver. A nous raconter tout ce qui s'était passé depuis notre séparation.

Elle étudiait le commerce international à Rennes. Avec le réveil du monstre chinois, la ville offrait des bourses d'étude pour des échanges scolaires. Grâce aux peu de prétendants, elle avait obtenu un visa pour un stage long dans un hypermarché Carrefour qui venait de s'ouvrir en ville. C'était drôle, pendant que le hard discount arrivait en France avec ses cartons dans les rayons, les chinois récupéraient les grandes surfaces avec surem-ballage en plastique. Marchandise beaucoup trop chère pour leur maigre pouvoir d'achat mais la fierté avait un prix.

Les colocs rentrèrent le soir, nous papotions toute la nuit. Je resterais deux semaines. Séverine au boulot, je sillonnais seul la ville. Timidement au début car mon sens de l'orientation en forêt ne pourrait pas beaucoup me servir dans une ville où personne ne parlait ni le français ni l'anglais. Le matin, je prenais un petit déjeuner traditionnel sur les trottoirs. Soupe avec spaghettis chinois translucides et petits légumes. J'en profitais pour observer les gens. Des ouvriers en marcel, avec leurs casquettes gavroches sur la tête mangeaient des pâtes de coq fumées. Le stéréotypes de l'ouvrier chinois des livres d'histoire assis à cote de moi sur le trottoir mâchouillant son bout d'viande et recrachant les morceaux d'os par terre. La ville était assez salle. Séverine m'avait expliqué que la Chine comptait accueillir les jeux olympiques. Une campagne nationale sur la propreté était lancé. Il devenait interdit de cracher par terre. Les autorités s'y étaient pris un peu en avance, les jeux n'arriveraient que dix ans plus tard.

Le soir, nous essayions encore de faire l'amour mais j'avais un blocage. Le temps passa. A traîner dans les rues, je découvris une petite chapelle dans une cour intérieure. Je croyais que le régime communiste avait interdit toutes sortes de religions mais non. Me voyant européen, le gardien me laissa entrer sans problème. Il essaya de m'expliquer le rituel avec les branches d'encens par des gestes mais je ne comprenais pas trop. Tout un coup, un groupe d'hommes armés rentra dans la cours. Aussitôt, le gardien disparu. Quelques secondes plus tard, une musique se faisait entendre, coulant des vieux haut parleurs qui pendaient aux murs. Un homme avança vers l'hôtel, entouré de ses gardes du corps. Ils avaient tous une mitraillette ou un revolver à la main. Ils se répartirent aux quatre coins de la cour. L'homme, la quarantaine, en costard cravate, se dirigea vers moi. Il me posa quelques questions dans un anglais impeccable puis retourna vers l'hôtel. Il prit quelques brins d'encens, pratiqua le rituel sans problème et reparti aussi vite qu'il était venu, suivi de ses gorilles. La musique s'arrêta. Le gardien réapparu. Je le saluais et reparti trainé dans la ville.

Séverine n'avait pas d'explication pour cet homme. Le week-end arriva. Tous les résidents étrangers avaient un quartier où ils se retrouvaient le soir. Toutes nationalités confondues. Ils venaient prendre un verre et parler des affaires qu'ils concluaient. De jolies jeunes filles chinoises traînaient au bar, toutes prostituées. Bien que l'Angleterre rendait Hong Kong au chinois à la fin de l'année, le temps des colonies n'avait pas changé les habitudes des conquérants. Après le bar, nous traversions le détroit pour nous rendre à Macao, ville portugaise. Passeports tamponnés nous montions dans le bateau direction l'autre berge. Restau, boite de nuit et retour à l'appart. La deuxième semaine passa très vite.

Cette tentative de renouer avec Séverine n'avait pas marché. Je ne sais pas pourquoi mais quelque chose était cassé. Il me faudrait du temps pour savoir quoi et comment le réparer.

Elle tenta de m'intéresser au travail d'import export en explosion dans cette partie du monde mais non. Je repartais en France. Je laissais derrière moi la femme que j'avais le plus aimé. Ça, je le saurais plus tard car l'amour de jeunesse est innocent, insouciant. Le jeune n'a pas encore était confronté aux problèmes récurant de la vie et son comportement n'est pas influencé par aléas de la vie.

Gaëlle commençait sa dernière année de fac, dans un nouvel appart. Elle m'accepta encore une fois. Il me restait de l'argent. Je transformais mon diplôme militaire en équivalant bac pour m'inscrire à la fac de psycho de Rouen. J'en profitais pour voir un spécialiste pour les problèmes sexuels. Après analyse sanguines, la réponse était simple. Ce n'était pas courant mais le cancer avait provoqué l'arrêt de la fabrication de testostérone. Une piqûre dans l'cul tous les quinze jours et je pourrais batifoler à nouveau comme si de rien n'était. Si j'avais su ça avant mon périple chinois, le dénouement de mes retrouvailles avec Séverine aurait été différent ? Mes capacités sexuelles avec Séverine aurait été la même que celle des années précancer, avec toute la vigueur et la fougue dont j'avais fait preuve en Dordogne ? Rien n'aurait laissait place au doute qui m'avait ramener en France et j'apprendrais actuellement le chinois devant un bol de soupe?

Quel était le poids du concret sur le psychisme et vis versa ? Mon succès auprès des filles était-il lui aussi simplement hormonal ? Dut à l'effet inverse avant l'opération ? Des phéromones qui traînaient dans l'air et faisaient tomber les filles ? Encore des questions qui mettront du temps à trouver réponse.

La fac commençait et moi, je devenais vieux. Je me retrouvais doyen de la classe. Je pouvais aller à la cantine sans kemander un ticket. Je prenais les cours et le soir, on se retrouvait tous dans des apparts de copains pour prendre des bières et refaire le monde. La vie d'étudiant que je n'avais jamais connu commençait. Mais très vite je me rendis compte que j'avais choisi la mauvaise filière. La psycho récupérait tous les jeunes qui n'avaient rien trouvé de mieux. Elle ne devenait intéressante que dans les dernières années du cursus, après le BTS. Un week-end, je rencontrais Florence. Une autre copine du lycée. Elle aussi était partie en Asie. Elle m'avait invité à participer à son tour du monde alors que j'entrais à Saint Maix. Elle voulait prendre une bière à Jumièges, une petite ville sur les bords de Seine où Léopoldine, fille de Victor Hugo, s'était noyée un jour de mascaret. La journée était belle, nous marchions dans la pelouse quand, je tombais. Je me réveillais à l'hôpital de Rouen. Le professeur qui m'avait opéré me reçu dans son bureau. Après quelques questions d'usage, il me signala qu'il avait oublié de préciser un petit détail. L'ordonnance qu'il m'avait donné à la sortie de l'hôpital était à renouveler ad vitam æternam. L'épilepsie, provoquée par les séquelles de l'opération, était irrémédiable. Elle nécessiterait un traitement à vie. C'était pas le genre de nouvelle plaisante. Je venais d'apprendre que j'avais une épée de Damoclès au dessus de la tête. Je prendrais donc matin et soir des médicaments à vie mais pour me rappeler quoi ?

Je continuais la fac mais avec moins d'entrain. Je tentais de reprendre la course mais l'envie n'y était plus. L'année scolaire finissait et je laissais tomber les études. On se séparait encore une fois avec Gaëlle, chacun rentrant dans la maison familiale. Avec chacun ses problèmes à résoudre. L'été approchait. Je contactais Cathy, la directrice de la colonie que j'avais fait l'an dernier. Elle était venu dans ma chambre d'hôpital. Elle accepta ma candidature pour les deux mois d'été. Les gamins étaient là, les animateurs aussi. Des nouveaux, plus jeunes, plus beaux. Mais il n'y avait plus le même feeling, plus la même cohésion que dans la colo précédente. Je n'avais plus envie de draguer, je n'avais plus le feu. Il fallait que je reprenne confiance en moi.

L'été passa vite et il fallait trouver une suite. Qu'est-ce que pouvait faire ? Le tourisme, j'y croyais plus avec ma tronche. L'association de Gaëlle avait coulé depuis longtemps mais j'avais toujours le goût du spectacle. Je me renseignais au bureau du chômage. Une formation, encore, se profilait. Costumier. Pourquoi ne pas enrichir mes compétences en couture ? Elles s'étaient révélées dès le collège mais étaient restées en jachère à cause de mon comportement d'ado prépubertaire en colère. Il fallait passer par un autre bureau pour avoir le financement vu que je commençais à cumuler les formations. Le prétexte fut tout trouvé. Avec la tronche que m'avait laissé l'opération, je pouvais plus faire dans le tourisme. L'idée était simpliste mais ça marcha. On m'accorda les fonds. Cette fois, ça se passerait à Paris, la capitale de la mode. J'avais gardé les coordonnées des anciens stagiaires du bio. Édith habitait-elle toujours là-haut ? Un coup de fil le confirma. Elle connaissait la propriétaire de l'appart qu'elle louait. Elle savait qu'elle possédait d'autres bien dans l'immeuble. Deux jours après elle me rappela pour confirmer l'affaire. J'avais une chambre sous mansarde pour pas cher, en plein cœur de Paris avec douche commune et sans ascenseur pour se muscler les fesses dans les marches. Édith avait changé. De petite femme boulotte, elle était devenu svelte. Craquante avec son petit accent, ses cheveux plaqués et ses dents blanches. Elle colloquait avec sa cousine, tout aussi charmante. Le premier soir nous mangions ensemble dans un restau moule frite.

De la formation bio, il ne restait plus rien. Bien trop en avance sur son temps. Édith était retourné dans l'hôtellerie où elle officiait en femme de chambre. La formation était à un quart d'heure de métro de l'appart. Je commençais à bien le connaître avec tous ces aller-retour sur le territoire. Bien que VGE avait promulgué la décentralisation depuis longtemps, les réseaux routiers et ferroviaires convergeaient toujours sur Paris. La station Opéra débouchait sur le magnifique bâtiment Garnier. Un petit tour du pâté de maison et j'arrivais sur le centre de formation. Nous étions une petite douzaine de stagiaires de toute la France. Un petit tour dans le bureau de la directrice où il fallait présenter un ouvrage pour estimer notre niveau. Une chemise que j'avais fait suffit à la convaincre. Toile crème brodée de motifs celtiques. La formation était simple. La prof avait photocopié un manuel de patronage que nous mettions en pratique.

La vie de stagiaire était toujours aussi bien. C'est peut-être de découvrir l'inconnu, d'élargir ses connaissances qui donnait ce coté sympa. Le midi on mangeait dans des restau indiens ou chinois. Le soir je retournais à l'appart pour parler avec Édith et tenter de gagner au scrabbles contre sa cousine qui était redoutable. Je profitais d'être sur la capitale pour revoir l'autre Séverine, la copine du lycée. Elle s'était mise avec un turc qu'avait pas l'air très clair. Il l'avait fécondé. Vu la tête du gars, ses activités tout sauf honnêtes, je m'inquiétais un peu pour elle. La formation était courte. Elle finissait par un stage d'une quinzaine de jours. Tous les stagiaires visaient Paris pour la suite mais la Bretagne n'avait pas quitté mon cœur. Les moments magiques que j'avais passé dans la forêt, sur les plages, me laissaient toujours cette envie de m'y installer. Après moultes recherches, je décrochais deux stages bretons. Il n'y avait pas d'hébergement pour le premier mais le camping ne m'inquiétait pas. Une petite semaine sur Pont Scorff pour l'inauguration du musée du saumon et une deuxième sur Hennebont pour le premier gros spectacle sur scène du festival « charbon de Breizh ». Tout un programme. Je pliais bagage et remontais dans le train direction Rennes, puis Lorient. La secrétaire du metteur en scène m'attendait sur les quais. La troupe de théâtre avait établi ses quartiers dans un petit manoir entièrement rénové. Le metteur en scène avait eu son heure de gloire mais les affiches accrochées sur les murs commençaient à jaunir, à être vieilles. Je rejoignais l'équipe pour travailler sur un petit spectacle prévu pour l'ouverture du musée du saumon.

Des costumes, des accessoires à faire, beaucoup de polyvalence, ce qui ne m'inquiétait pas du tout. Le soir je mangeais avec la costumière en chef qui m'informait sur les modalités du statut d'intermittent du spectacle. Malheureusement, d'après ces dires, il ne survivrait plus longtemps.

Passage à la deuxième semaine. L'association qui organisait le spectacle d'Hennebont me logea en ville cette fois. D'assistant, je devenais chef de l'atelier couture. Encadrant tous ceux qui participaient de bon cœur, bénévolement, au festival. C'était la première année que la mairie tentait le spectacle payant. Il se passerait sous les remparts de la ville avec plus de trois cents figurants bénévoles, retraçant les événements majeurs de la cité sur le dernier millénaire. Je passais beaucoup de journée avec Fleur de coton. Une bénévole qui, comme moi, avait subit une ablation de tumeur. Elle, c'était sur le sein, je ne pouvais voir la cicatrice. Ce sont des choses qui rapprochent, nous pouvions en parler sans problème entre nous. Après l'opération, elle avait décidé de changer de prénom pour laisser son passé derrière elle. Fleur était légèrement plus vieille que moi mais cela ne me posait pas de problème. Tout du moins, c'est ce que je croyais jusqu'au jour ensoleillé où, costumée pour la fête, belle comme un cœur je la vis réellement plus vieille que moi. La leçon de mon seul coup de foudre du lycée n'avait servi à rien. Je laissais les apparences prendre le dessus une fois de plus, moi qui m'en croyais victime. Quelle ironie, quel con je faisais ! Le stage se terminait en même temps que le festival. Apéro dans une grande salle municipale pour remercier tout le monde et jeter les bases du prochain rendez-vous. Le spectacle payant n'avait pas été rentable. L'expérience ne serait pas renouvelée l'année d'après. Tout le monde se parlait, se serrait les mains. Grande famille qu'il me fallait quitter et que je ne reverrais jamais.

Je remontais sur Paris pour la dernière ligne droite. Nous avions une semaine pour réaliser le costume de notre choix. Le matériel et le tissu étant payés par le centre, je choisissais du Louis quinze. Veste, culotte et gilet avec tous les détails en frou-frou et dentelle me permirent d'avoir l'examen. La formation était finie mais, Bretagne quand tu nous tiens. Je connaissais pas grand monde où squatter. Qu'à cela ne tienne ! Un foyer catholique accueillait les sdf gratuitement sur Rennes. Sans maison, sans voiture ni boulot, je rentrais dans le moule. Nous couchions dans des dortoirs communs, nous prenions nos douches dans des sanitaires communs et nous mangions dans un réfectoire commun. La journée, le foyer fermait ses portes et nous nous retrouvions tous dehors. La plupart des gars filait dans les bistrots. Ils mettaient en générale deux semaines pour y claquer leurs allocs. Je cherchais du travail. Avec mon nouveau diplôme en poche, je frappais à la porte de l'opéra. On m'orienta vers l'atelier couture. Le chef costumier voulait bien me prendre à l'essai mais très vite, je décelais une autre envie de prendre qui ne m'intéressait pas du tout. Retour à la case départ. C'était la période des recensements. Je postulais. Le directeur de l'INSEE m'accueillit dans son bureau. Après un petit entretien, l'affaire était conclue. Je crois surtout que, le fait qu'il ai lui aussi perdu un œil avait facilité l'embauche. Le contrat commencerais pas avant un mois. J'avais le temps de chercher autre chose. Je dormais toujours au foyer mais j'avais pris de la promotion. Je dormais maintenant dans une chambre de trois. Le matin, la buée envahissait les fenêtres provoquée par la chaleur de la chambre. Une odeur de renfermé flottait dans l'air. Rennes était un ville avec une activité culturelle dynamique. Je trouvais une petite troupe de théâtre qui cherchait un costumier. Il y avait du taf. La pièce se montait. Il fallait habiller tous les acteurs. Après discussion à la terrasse d'un bistrot, je griffonnais quelques croquis pour des idées de costumes qui furent acceptées. Prise de mesure et début de patronage. Le metteur en scène venait souvent rajouter des trucs à faire sans jamais parler des heures sup. J'appelais les copines pour me tenir au courant des derniers ragots. Gaëlle était effondrée. Son amoureux venait de se suicider suite à leur séparation. Je sentais que je ne pouvais pas la laisser toute seule trop longtemps. Le metteur en scène trouverait quelqu'un d'autre pour faire le surplus de boulot gratos. Je fis ma valise au foyer et remontais dans le train où j'avais tout le temps de réfléchir.

Avec l'age, le recul, l'analyse devient plus fine, plus pertinente. Je détectais une peur de l'inconnu. Autant la nature, la forêt ne m'inquiétaient pas, autant j'avais des problèmes relationnels. Je refusais d'assumer une

quelconque affinité avec qui que ce soit.
Pourquoi ? Par peur infondée d'être rejeté,
oublié ? Même dans les moments les plus
intimes je voulais garder le contrôle cérébral
de la situation. Je ne me rappelle pas avoir joui
une seule fois leur de mes ébats sexuels.

Malheureusement, je me rappelle qu'une
fois, pour un anniversaire nous étions monté
avec Séverine dans le nord. Un repas festif
auquel je ne prenais aucun plaisir. Je passais la
soirée à écouter en boucle Nirvana dans la
voiture. La nuit venue, j'étais parti me coucher,
la tête pleines de rancœur. Elle m'avait rejoint
dans le lit. Là, je matérialisais ma haine dans
un rapport sexuel. Chaque coup de rein
devenait comme un coup de fouet, comme une
punition, comme des reproches à adresser à
de faux responsables. L'acte ignoble terminé,
je lui tournais le dos et m'endormit. On en
avait jamais parlé ouvertement mais c'était le
début d'une dégradation de notre relation. A
chaque fois que j'y pense, je prie un quelconque dieu dont j'avais appris l'existence dans un
bouquin pour atténuer l'effet qu'avait pu avoir
cet accident sur son moral.

Après toute cette cogitation intellectuelle, le
train arriva à Rouen. Je rejoignis Gaëlle. Elle

n'avait pas plus besoin de soutien que ça. Elle n'avait rien à se reprocher. Une relation se passe à deux, avec deux entités distinctes. Si l'une d'elles a des problèmes mais ne se dévoile pas, l'autre y est-elle pour quelque chose ? Le recensement étant national, je tentais ma chance à l'agence rouennaise. On me proposait une petite vile de vingt milles habitants près de la maison des parents. Je laissais Gaëlle. Avec le recul, cette histoire était peut-être simplement un prétexte. Une excuse bidon pour fuir une opportunité professionnelle qui aurait pu me donner une nouvelle vraie vie. je revenais une fois de plus au village. Je suivais une petite formations interne pour pouvoir encadrer les agents. Une semaine à les briffer puis je les lâchais sur la ville. Je sais pas si c'est le poste de chef d'équipe, la confiance qui revenait ou les piqûres dans le cul mais il me semblais pouvoir avoir du succès auprès de certains agents de la gente féminine. Je ne tentais rien. Je profitais du temps libre pour faire du roller sur la promenade du Havre. Un chemin piéton nouvellement aménagé près de la plage. Ça donnait à la ville un visage plus touristique, chose à laquelle le conseil municipale précédent, communiste pendant vingt ans, n'avait jamais songé.

J'avais habité chez les parents tout le temps du recensement. Je commençais à prendre conscience de cette attache qui me lestait. Une prise de conscience très minime au début. Depuis l'opération, il y avait beaucoup de réflexions psycho qui traînaient dans mon cerveau pour combler le trou qu'avait laissé la tumeur. Tout ce travail de réflexion, d'analyse me mena petit à petit vers le boulot d'éducateur. Une espèce de moniteur de colonie de vacances dotée d'une dimension psychologique supplémentaire. Il y avait des examens écrits pour intégrés la nouvelle formation. Premier round réussi, j'étais invité à venir à l'entretien individuel. Trois poilus qui vous écoutaient raconter votre vie, vos projets. Pas terrible, j'étais en début de liste d'attente. Un mois après, j'appris que je pouvais intégrer la nouvelle promo. L'école était à Canteleu, un patelin paumé au dessus de Rouen où je pris un appart seul cette fois. Gaëlle avait continué son bonhomme de chemin sur d'autres sentiers. C'était rigolo, le canapé déplié, on voyait plus le carrelage. Le matin je prenais le bus pour monter sur le plateau, suivre les cours. Toutes les petites formations que j'avais suivi jusqu'à maintenant n'avaient jamais abordé ce coté psychologique, la réciprocité du mental sur le physique. Il y avait des stages. Les premiers étaient pour découvrir le domaine, le métier. On les faisait en groupe, avec de simples questionnaires à remplir. Les cours continuaient ensuite. Autant, en fac de psycho, il fallait attendre la troisième année pour atteindre les auteurs intéressants, autant, là, nous avions des encadrants très professionnels qui allaient droit au but. On restait pas coincé sur Freud et son complexe d'œdipe, on élargissait notre répertoire de théorie, d'auteurs. Certains dans la promo avaient clairement choisi cette formation pour avoir des réponses à leurs propres problèmes. Il arrivait souvent qu'ils tombent en larme pendant un cours. Même si je n'avais pas vraiment fait le lien entre mes soucis perso et la formation, il faut dire qu'elle m'apportait beaucoup d'éléments pour analyser mon vécu. Tout ce que l'inconscient gardait en mémoire de la petite enfance et qui continuait d'influencer les raisonnements, les comportements dans la vie d'adulte. Tout ce qui trahissaient les séquelles refoulées d'une impression d'abandon.

La première année se terminait par un stage long. J'atterris dans un centre d'accueil pour enfants autistes. C'était très dur car les autistes peuvent être imprévisibles mais, surtout, c'était très enrichissant. Mes recherches perso sur la réincarnation trouvaient une application inattendue. Comment un enfant, qui n'avait suivi aucun cursus scolaire à cause de son handicap, qui ne savait pas lire, pouvait-il avoir une connaissance énorme, académique, de l'antiquité égyptienne ? La trinité de notre chère mère l'église faisait-elle indirectement illusion au corps, à l'esprit qui s'y forme et à l'âme qui s'y réincarne sous le nom de saint esprit ? Ce pouvait-il que certains cas d'autisme soient le résultat d'une réincarnation qui a mal tourné, bloquant un mécanisme cérébral ? Ce stage fût passionnant. Il me permettait de voir aussi le profil des autres stagiaires, leurs propres motivations et leur implications personnelles. La directrice du centre avait vu mes attentes. Elle voyait bien que je n'étais pas fait pour ce métier mais savait différencier les choses. Elle voyait bien aussi que je savais analyser. Elle me demandais souvent des avis sur tel ou tel stagiaire, ce que j'en pensais. Nos conclusions variaient peu. Je quittais le stage avec un avis favorable. Je finissais l'année tranquille, rendant l'appart et retournais une fois de plus à la campagne avec mon diplôme de première année en poche. Il y avait long-temps que je n'étais plus parti en vacances avec les parents. Cette première année me permettait de commencer à comprendre la relation que j'entretenais avec eux. Si la réincarnation existe, pourquoi avoir choisi un couple de gens abandonnés par leur parents pour venir sur terre ? Effectivement, mes deux parents avaient été lâchés dès leur plus jeune age. Cela avait eu des répercussions sur leur façon de nous élever. Sur la distance affective qu'ils prenaient avec leurs enfants sans s'en rendre compte. Nous partions en vacances en Vendée, dans un camping avec piscine. Je recommençais à avoir confiance en moi. Je passais des après-midi à bronzer sur un transat au bord du bassin. Je m' aspergeais d'huile de monoï, comme au bon vieux temps de mon passé militaire où, sur les plages de Saint Malo, j'exhibais mon corps d'athlète musclé sans un pet de gras. Trouvez la place de l'affirmation de l'ego là-dedans ! Je n'avais pas encore repris assez confiance en moi pour honorer les avances d'une jeune fille charmante. Les vacances étaient finies, retour au Havre pour la deuxième année de formation. Elle commençait par un stage long. Celui-ci se passerait dans un foyer d'accueil pour jeunes délinquants. Je trouvais un appart avec douche plastique dans la cuisine. Une ancienne mono de colo habitait dans l'coin. On se voyait de temps en temps. Je prenais mes fonction auprès de la directrice du centre. Cela se résumait à de la surveillance passive et de l'accueil téléphonique. Beaucoup moins intéressant que le stage précédent. J'allais tranquille à pied au foyer qui était en plein centre ville. Je faisais mes courses au magasin juste en dessous de l'appart. La vie se résumait à ça, tranquille. Il m'arrivait d'avoir mal au crâne, je prenais sur moi. Après un mois, les choses s'accélérèrent. Une fois, pendant une réunion bien chiante où chacun exposait ses griefs, je fût pris d'un crise partielle d'épilepsie. Elle revenait à la surface après plus d'un an de tranquillité, révélant mes problèmes aux collègues. Elle n'en resta pas là. Peu de temps après, je fis une crise totale en allant bosser. Réveil à l'hôpital, arrêt maladie. Après explication avec le centre de formation nous

145

décidions d'un commun accord d'arrêter la formation. Je me retrouvais au chômage dans un appart à pleurer sur mon destin. La copine de colo, qui m'avait connu en meilleure forme, me proposa de sortir un peu pour conjurer le sort. Ciné, spectacle et restau. Cathy, la directrice de la colo venait elle aussi de temps en temps en soirée. Elle dirigeait une équipe de gymnastique artistique. Elle s'était mariée. Les deux filles mirent au point un plan foireux pour que je retrouve le sourire avec une fille. A chaque tentative de rencontre, une crise m'empêchait de sortir. Les cours de psychologie de la première année de formation d'éduc m'avaient donné l'explication théorique de ce genre de problèmes. Là, je me retrouvais avec le coté pratique, une maladie déclenchée par l'inconscient, chose beaucoup plus dur à gérer. La confiance en soi que j'avais mis si longtemps à trouver pour oser franchir le premier pas d'une relation amoureuse devait retrouver sa place. Les crises s'espacèrent, le calme revint. Les deux copines purent enfin mettre leur plan à exécution. Une soirée fût organisée dans un restau du quartier Saint François, le coin de tous les restau havrais. Elles me présentèrent Sophie. Une autre animatrice.

Elle était belle, avait de la conversation. Elle faisait partie de l'orchestre municipal où elle jouait de la clarinette. La soirée se déroula bien. Je reprenais du poil de la bête. Tous les sujets de conversation furent abordés, politique, économique. Et bien sûr, le coté personnel, histoire de bien cerner les gens. Le repas fini, Sophie proposa une sortie sur la Péniche. C'était un ancien bateau, stationné dans le bassin du commerce qui servait maintenant de boite de nuit flottante. Ce soir là, c'était années quatre vingt. Ça tombait bien pour des trentenaires comme nous. On se sentait plus jeune. Ça redonnait de la confiance pour bouger sur la piste de danse son corps ramolli par la routine. La soirée finissait par les classiques slows où j'atterrissais fatalement dans les bras de Sophie. De fil en aiguille, de slow en slow, elle me proposa de finir la nuit dans mon appart. Tout le monde repassa au vestiaire prendre son manteau. Bises. Les filles rentrèrent chez elles. Avec Sophie, nous nous dirigions vers ma chambre. J'avais pas trop anticipé cette tournure des choses. J'avais un peu honte d'ouvrir la porte connaissant le bazar qui se trouvait derrière. Une douche en plastique dans la cuisine et un matelas par terre, sans sommier, avec des fringues crades éparpillées autour. Rien de bien reluisant pour conclure une drague. Pourtant, cela n'empêcha pas de finaliser.

La vie reprenait son cour une fois de plus, comme un long fleuve tranquille que dit le film. Je faisais à nouveau des petits boulots. Petits revenus, je décollais pas du smic mais c'était pas grave. Sophie venait souvent me voir. Elle avait un bon salaire, une voiture en leasing. Nous partions le week-end sur la capitale pour se culturer un peu ou en bord de mer pour prendre le large, cachés dans les dunes pour découvrir nos corps. Une boite d'orthopédie me proposa un petit contrat. La couturière était enceinte. Il fallait la remplacer pour faire des housses de matelas. Trois mois de couture avant de retourner pointer à l'agence pour l'emploi.

Le havre est un port d'envergure internationale. Situé sur l'estuaire de la Seine, il permet de ravitailler notre bonne vieille grosse pomme de capitale. L'idée de trouver du boulot dans ce secteur ne traîna pas longtemps. J'avais bossé suffisamment pour renouveler mes droit à une formation. Le parcours initiatique que les sociétés anciennes permettaient sans trop

148

de sous était encore possible en France pour l'instant grâce au système social. Hélas il prenait un coup dans l'aile régulièrement avec chaque nouveau président. L'avancé d'internet, du e-commerce et surtout des paradis fiscaux réduisait drastiquement les recettes de l'état. Combien de temps encore, avec ses caisses vides, il pourrait tenir le pays hors des agitations sociales ?

L'an deux mille approchait, Paco Rabane avait disparu de la surface de terre. Les bières portaient la tête de mort du dieu Tezcatlipoca, ennemi juré de Quetzalcóatl le serpent à plume. Jésus était passé avec ses poissons. Où était le nouvel homme blanc sensé sauver la planète sur son radeau de serpent ?

L'ère des verseaux commençait bien mal. Le gars pouvait verser sa jarre. On avait deux milles ans pour faire le tri dans le tas de bazar qui tombait. Entre la pollution, la surpopulation, la surconsommation et bien d'autres choses, on avait que l'embarras du choix.

Pour l'instant, je profitais du système encore en place. Une formation sur deux ans me fût accordée par la région car la maladie avait interrompu la précédente. Une petite vingtaine de stagiaires de tout age, avec plusieurs nationalités se retrouvait dans les locaux de la fac. Des polonais pour la main d'œuvre pas chère des pays de l'est et des gabonais dépêchés par le port de Libreville pour le coté exotique. Coté français, des jeunes en réelle recherche de travail et des vieux comme moi en reconversion. Le tout formait un amas assez hétéroclite qui très vite se divisa en groupes. L'année avançait avec les cours classiques de français, d'anglais, de math et des cours relatifs aux ports, à la législation internationale. On étudiait tous types de transports. Les maritimes, les fluviaux et les terrestres. Déjà à l'époque la SNCF avait des dettes et malgré l'impact de la pollution, peut-être à cause du poids du lobby routier, le transport fluvial restait en jachère au grand damne de la banane bleue que formaient les fleuves d'Europe et le ferroviaire ne décollait pas.

Il fallait réaliser un dossier sur un sujet de notre choix. Je pris la production de cacao. C'est bon le chocolat, c'est anodin. Je voulais en savoir plus. La bibliothèque de la fac, à cause des cursus internationaux qu'elle proposait, avait des magazines de tous pays dont ceux d'Afrique. Au fur et à mesure de l'avancée du dossier, je découvrais le revers de la médaille. La Cote d'Ivoire, producteur historique et ancienne colonie française, était en perte de vitesse. Les conflits régionaux, la déréglementation mondiale et les cours de la bourse avaient eu raison de la première place longtemps occupée. Le pays était coupé en deux. Les plantations au nord tenu par les rebelles et la transformation, la commercialisation au sud tenu par le pouvoir en place. La production chutait au profit des pays voisins voir même de l'Asie où il n'y avait pas de guérilla. J'eus une bonne note mais surtout ce petit travail commençait à m'ouvrir les yeux sur le commerce international. Sur toutes ses implications dans les pays du tiers monde qu'on appelait maintenant pays en voie de développement pour se donner bonne conscience de les piller un peu plus.

La première année de formation était finie. J'avais trouvé un petit boulot pour l'été. La couturière de la boite d'ortho était productive. Elle attendait son deuxième enfant.

On aurait pu croire que le monde allait bien. Je cousais dans l'atelier en écoutant la radio. Jusqu'au jour du onze septembre où un ancien agent secret, qui travaillait autrefois pour les américains en Afghanistan, avait retourné sa veste. Il avait préparé une série d'attentats qui marquerait les esprits pour les décennies à venir. Deux avions percutaient les tours du world trade center, à New York, faisant des milliers de morts. La nouvelle passait en boucle sur les radios avec la chanson de John Lennon, « Imagine ». A l'heure du tout nucléaire qui devait imposer l'intimidation sur les petits pays, les revendications de tous genres, de tous ceux qui avaient moins de moyens, se tournaient vers le terrorisme. Moyens plus sournois, plus imprévisible, qui pouvait frapper n'importe où sur la terre, par n'importe quel moyen, à n'importe quel moment.

Stéphanie avec qui j'avais fait un périple dans la forêt magique donnait son témoignage dans le journal local étant normande d'origine. La poussière soulevée lors de l'écroulement des tours avait simplement salie sa jupe, heureusement.

La deuxième année pouvait commencer dans une ambiance moins décontractée. On avait maintenant des cours de droit le soir qui complétaient le programme habituel. Plus l'année avançait et plus je prenais conscience de l'emprise du commerce international sur tous les pays, même les plus riches. De son monopole des finances et du contrôle sur les gouvernements qu'il en tirait. Bien que ça soit pas le but de la formation, je découvrais les paradis fiscaux, les magouilles des politiciens et la corruption qui gangrenaient le système à tous les niveaux. Avec Sophie, notre relation marchait bien. Un gars avait dit que le test ultime dans un couple, c'était la partage de la machine à laver. Il n'y avait aucun problème de linge sale entre nous. Notre relation s'installait. On se voyait pratiquement tous les jours maintenant. Aussi, fût-il décidé qu'on allait partagé l'appartement. Je rendais le mien. Avec un simple matelas et une valise, c'était plus facile de plier bagage.

J'atterrissais à Harfleur, une ville limitrophe du Havre à quinze minute de la fac en vélo. C'était une vieille ville qui gardait l'embouchure de la Seine avant que François premier ne décide de s'étendre sur les marais en construisant le Havre. La deuxième année se poursuivait. L'idée d'un enfant germa dans le couple. Nous laissions tomber le préso après le test HIV. Très vite, Sophie tomba en ceinte. C'était notre première grossesse. Chaque détail comptait. Je tenais à jour un carnet où je couchais sur le papier chaque idée qui me traversait la tête. Le choix du prénom, une idée de balade, une pensée philosophique, une description de paysage. Tout était noté avec précision et sens du détail. Mois par mois, pour faire un cadeau à l'enfant qui le recevrait à ses dix huit ans.

Nous préparions la chambre du nouveau venu : Un lit à barreau, une table à langer avec des tiroirs pour les petits pyjamas et les couches culottes, une petite baignoire en plastique et bien sur, des peluches, des hochets. Nous passions des journée à choisir comment appeler le petit être qui se développait dans le ventre. Des liste de prénoms masculin/féminin épluchées une par une. Avec toujours le souvenir d'une personne ayant le même prénom qui influençait le choix. Le troisième mois était passé depuis longtemps. Nous savions maintenant qu'une petite fille arrivait.

Je continuais la formation.J'étais stagiaire, main d'œuvre gratuite, pour une boite de transport. Là, j'étais plongé au cœur de l'action. Les contrats des grandes surfaces qui allaient chercher des fruits et légumes sur tous les continents, les planning ultra chargés des transporteurs routiers pour vider le ventre du port du Havre qui approvisionnait la capitale et le nord du pays.

Découvrant les rouages du système capitaliste international, pourrais-je un jour bosser en fermant les yeux sur toutes les dérives ?

Un soir, Sophie commençait à avoir mal au ventre. Après discussion nous appelions une copine qui nous emmena à la maternité. L'accouchement commençait mais il était trop tôt. Les sages-femmes nous demandèrent de rentrer chez nous en attendant une ouverture plus grande. L'enfant a besoin d'un passage de dix centimètres pour sortir. Il n'y en avait que deux petits d'ouvert. Juste de quoi laissé passer suffisamment de lumière pour que Marjolaine se retourne et prépare sa sortie. Au vingt et unième siècle, les familles étaient explosées. La grand-mère était refourguée à l'hospice ou bien, comme c'était le cas, elle était morte. Sophie, avait adhéré à une association baba cool pour être accompagnée pendant la grossesse. Une animatrice débarquait pour les dernières heures. Elles papotèrent tout le reste de la nuit pendant que je tentais un somme. Le matin arriva en même temps que les eaux.

Cette fois, la petite Marjolaine était prête à sortir et elle le faisait savoir. La copine nous ramena à la maternité où Sophie fût conduite directement dans une salle d'accouchement. Juste le temps de se changer, de s'allonger sur le lit : Un, deux, un, deux...l'enfant sortait.

La troisième vie

Nos pères à leur époque, attendaient la naissance de l'enfant dans la salle d'attente. Étaient-ils jugés trop glands pour une culture puritaine ou bien n'en avaient-ils rien à faire ?

De nos jours, pour plus d'égalité, pour plus de complémentarité, nous assistions en direct à l'accouchement.

Marjolaine sortie, les sages femmes la posèrent sur le ventre rond. L'instinct de survie lui fit gravir le dénivelé jusqu'au seins où elle se jeta sur le mamelon pour sa première tétée. Sophie était en nage, fatiguée mais radieuse. Elle venait de créer une vie, elle avait le pouvoir divin . La tétée finie, les sages femmes récupèrent Marjolaine. Elles me tendirent les ciseaux pour couper le cordon.

Le père entrait en action. Autant la couture m'avait habituait à la découpe mais là, c'était une vie qui commençait. Il y avait de la responsabilité. Mes mains tremblèrent un peu en tranchant le lien. Ensuite, les sages femmes la lavèrent, la pesèrent. Le p'tit bout faisait deux kilo deux cent grammes. Elles l'emmitouflèrent dans une toute petite serviette et nous la rendirent en sortant de la chambre. La nouvelle famille était réunie en toute intimité. Il n'y avait pas besoin de parler. Une lumière douce enveloppait la scène lui donnant encore plus de chaleur, d'humanité et d'amour. La vie compte des moments cruciaux où une multitude de possibilités s'offre à vous. La conception d'un enfant est l'une d'elles.

Ce n'est pas une décision à prendre à la légère car elle vous engage pour le restant de votre vie. Après dix minutes de contemplation, les sages femmes rentrèrent à nouveau dans la chambre. Elles récupèrent Marjolaine pour la mettre dans une couveuse histoire que Sophie puisse se reposer. Je les embrassais et rentrais à la maison. Je récurais les pièces du sol au plafond pour préparer l'arrivée de la nouvelle venue. Je faisais le lit en préparant la gigoteuse, imaginant déjà notre fille agitant ses petites mains potelées. J'annonçais la nouvelle aux copains de la formation. Une cagnotte fût mise en place pour nous offrir un cadeau. Trois jours après, la mère et la fille arrivèrent à la maison. La famille envoyait des sous, des fringues. Beaucoup venait voir Marjolaine qui était une vrai petite starlette. Je reprenais les cours.

La fin de journée de la formation n'avait plus

la même signification. Autrefois je rangeais le vélo dans le débarras et attendais passivement la soirée. Mais la vie prenait plus de volume maintenant. La journée était loin d'être finie. De retour du Havre, il fallait s'occuper de la petite, préparer son repas, lui donner son bain, lui raconter des histoires après l'avoir couché et la regarder grandir.

La formation se terminait bientôt. Il fallait faire un dernier stage qui confirma mes craintes. J'avais mis le pied dans la gueule du monstre qui engloutissait le monde. Les transports maritimes polluants, la production dans les pays pauvres, la surexploitation des transports routiers, de la production terrestre, la falsification de documents. Je voyais tous les chaînons assis derrière mon ordinateur. J'avais quitté l'armée par conviction. A l'époque c'était facile. Je n'avais que ma grosse carcasse à gérer.

Aujourd'hui ma progéniture avait des besoins que je ne pouvais pas laisser de coté juste pour des idées à la con.

Le stage fini, il fallait faire un mémoire de quarante pages sur la formation. Nous nous retrouvions entre étudiants, sur la terrasse d'une maison que louait une copine pour le faire. Ça ne la gênait pas trop de laisser sécher ses strings en dentelle de toutes les couleurs sur un tancarville juste à coté de nous. Nous passions des après midi dans la rédaction du document. Une petite soutenance de vingt minutes et voilà. Diplôme en poche, je me voyais déjà avec un boulot trouvé facilement.

J'avais oublié qu'il y avait beaucoup de formations sur le transport dans le plus grand port de France donc beaucoup de concurrents sur le marché de l'emploi. L'été, les boites prenaient des stagiaires gratuits. Le peu d'entretien que je décrochais ne donnait rien.

Peut-être que mon tiraillement intérieur y était pour quelque chose. Je grignotais mes allocations. Déjà l'automne approchait. En attendant de trouver mieux, je prenais les petits boulots. Je travaillais dans un élevage de chèvre où était fabriqué du fromage. La ferme était un clos masure typique du pays cauchois. Bâtiments en briques et silex entourés d'une double rangée de hêtres centenaires. Je bossais au plein air où il fallait entretenir les champs, débiter des stères de bois et nourrir les chèvres. Le froid arrivait, donnant de la clarté à la lumière. Ça donnait une intensité à chaque couleur, chaque détail du paysage. Je voyais la plage et l'aiguille d'Etretat du haut des falaises comme sur les tableaux impressionnistes de Claude Monet. Le week-end, j'allais promener Marjolaine dans le parc de Rouelle, dans sa poussette. Je lui apprenais à marcher, à monter sur les mini toboggans.

J'avais fini le contrat à la ferme. L'avantage d'être chômeur était que je passais beaucoup de temps avec ma fille. Nous avions une vrai complicité. Monsieur Filajac, le patron de la boite d'orthopédie me rappela. La garnisseuse n'avait pas encore accouché. Non, cette fois, c'était le chef d'atelier qui partait bientôt à la retraite. L'idée avait germé dans l'esprit du boss que pendant ses derniers mois de travail, il pourrait me former, faisant de moi un technicien polyvalent. Le monde du transport perdait un employé mais mes convictions s'en trouvaient renforcées. La formation de couturier, qui avait servi occasionnellement, me permettrait enfin d'avoir un job fixe, par ricochet, en orthopédie.

Cette année là, beau papa, devenu grand-père, loua un chalet pour les vacances de noël à la montagne. Toute la belle famille était réunie. Au repas du soir nous parlions économie. La France, bien qu'ayant refusait le passage à l'euro par référendum, changerait bientôt de monnaie. Les banques nous donnaient des petits sachets plastiques avec un jeu complet de pièces d'euro et de centimes d'euro. Monsieur Chirac avait voulu appeler cela l'écu mais ça faisait trop français.

Le matin, nous descendions au village pour retirer de l'argent au distributeur automatique. Les premiers billets d'euro avaient voyagé toute la nuit pour être dispo le premier jour de l'année. Les grands parents avaient connu l'ancien franc, le franc. La dévaluation continuait maquillée sous les traits des grands monuments peints sur les nouveaux billets.

Je travaillais maintenant dans l'atelier de fabrication des appareils. Mon coté bricoleur était bien utile car le futur retraité avait du mal à finir son arrêt maladie pour venir m'instruire. J'avais un établi avec toute la panoplie du parfait technicien rien que pour moi.

Les collègues de boulot étaient sympas mais sans plus, assez terre à terre voir graveleux. J'apprenais à faire les appareils au fur et à mesures qu'ils se présentaient. C'était pas trop dur. Le temps passait vite. J'avais hâte de rentrer le soir pour retrouver la petite famille. Nous n'avions pas de télé par conviction. Le soir, après un repas bien animé, nous passions la soirée à lire ou bien à faire des jeux de société. Marjolaine avec ses nouvelles petites dents changeait de régime mais elle gardait la tétée pour le malheur des seins de Sophie. Malgré un planning aussi chargé que mes confrères, je me retrouvais souvent à avoir l'air de ne rien faire. Je travaillais trop vite. Ça venait sûrement de l'idée de travail bien fait acquise sur les bancs de Saint Maix.

Cela faisait presqu'un an que je bossais quand le patron me convoqua dans son bureau. Il voulait m'embaucher malgré les réticences de monsieur Bravard, son collège.

Celui-ci détenait cinquante pour cent du capitale de la boite. Mais Fillajac l'avait compris, ma façon de travailler, efficace, lui plaisait. Il me proposait un contrat indéterminé. Le truc qui permettait de voir arriver la vie tranquille. La vraie vie qui arrivait enfin. Il ne manquait plus qu'une chose pour couronner le tout. Après des vacances en Italie, bien méritées, je demandais à Sophie si elle voulait devenir ma femme. Elle accepta. Le coté religieux nous branchait pas trop aussi nous passions simplement devant le Maire d'Harfleur. Marjolaine avait deux ans. Elle était la plus jolie des demoiselles d'honneur. Mes talents de couturier m'avaient permis de faire une robe sur mesure en tissu moiré mauve et un bustier rose brodé de fleur de toutes les couleurs. Sophie bossant à la mairie, celle-ci nous prêta un chapiteau. Nous le plantions dans le verger derrière la maison des parents.

La journée fût merveilleuse. Le soleil étant de la partie, les appareils photos carburaient à plein régime. Le pot d'honneur passé, le nombre d'invités diminua. Nous passions le reste de la journée dans la forêt à profiter des derniers rayons pour les dernières photos. Le repas du soir commença, dans le verger éclairé de guirlande multi couleurs. Tout le monde riait, parlait. Nous passions de table en table pour avoir les dernières nouvelles des membres de la famille que nous n'avions pas vu depuis longtemps. Le fromage arriva, suivi des gâteaux puis la musique commença.

Une partie de la nuit se passa sur la piste de danse installée entre les pommiers. Puis elle se conclue dans une chambre d'hôte où la jarretière, revenue en place après les enchères, tomba à nouveau sur le plancher de la pièce, avec le reste de la robe cette fois.

Nous vivions bien. Sans soucis d'argent mais sans précautions non plus. Les économies de fin de mois servaient pendant les vacances. Notre compte en banque se stabilisait sans excès. Harfleur faisait tous les ans la fête de la scie. Outil qui servait de logo à l'aristo qui gouvernait la ville au moyen age. Pendant tout un week-end, la ville devenait piétonne. Elle se paraît de blasons à tous les coins de rue pour une fête médiévale. Dès le vendredi, des spectacles se déroulaient dans le parc de la mairie où de multiples associations médiévales avaient dressé leurs campements entre les platanes centenaires. La pelouse était percée de nombreux trous où mijotaient de grosses marmites. C'était une des plus grosses fêtes du coin. Mon coté costumier me permettait d'avoir de beaux habits. Je discutais avec les membres d'une assoc qui proposait la vie au treizième siècle, du temps de Guillaume le Conquérant. Très vite je venais gonfler leur rang. La fête se terminait par un défilé qui traversais la ville pour finir dans le parc, dans un tonnerre d'applaudissement, de musique et de confettis. Le costume retournait dans l'armoire pour l'année d'après. La vie reprenait son cour normal.

Petit déjeuner, vélo et boulot. J'apprenais de nouvelles manières de faire. Les appareils se faisaient habituellement sur des moules en plâtres. Lourds et contraignants car ils obligeaient un moulage sur le patient. Mais l'orthopédie se modernisait. Maintenant il y avait moyen de prendre de simples photos qui, grâce à un logiciel, permettaient de faire un moulage en virtuel. Celui-ci serait sculpté par une machine dans de la mousse solide mais légère. Encore des savoir-faire à acquérir ce qui enrichissait la vie, la rendait intéressante mais occultait certains cotés.

Les années passaient, insouciantes. Deux salaires permettaient de vivre sans se poser de question. Marjolaine avait grandie. Elle allait à l'école maintenant. Du porte bagage de mon vélo où elle avait découvert la campagne environnante, elle roulait maintenant sur son propre vélo. Nous allions dans les parcs, les forêts . Nous suivions le chemin qui longeait la Lézarde, rivière qui serpentait dans la vallée avant de se jeter dans la Seine. Certains week-end, nous enfilions nos costumes pour rejoindre l'assoc médiévale pour un festival dans la région. Nous dormions sur la paille, sur des couvertures en laine jetées pêle-mêle sous la tente multi couleur.

La quarantaine approchait. Sophie se posait des questions sur la fertilité après quarante ans. Nous décidions de mettre en route un deuxième enfant. Problème, la maison que nous louions devenait trop petite. Depuis le temps que j'avais mon CDI, l'idée d'investir dans la pierre ne m'avait pas traversé l'esprit. Nous n'avions fait aucun plan de réserve bancaire. C'était un peu tard pour y penser. Il allait falloir emprunter.

Nous travaillions tous les deux à Montivilliers, une petite ville de vingt milles habitants. Je la connaissais bien, j'en avais dirigé le dernier recensement. Dans un premier temps, nous orientions nos recherches dans la campagne environnante mais les propositions n'étaient pas folichonnes. Jusqu'au jour où on nous fît visiter une vieille maison avec un bout de terrain qui nous plaisait à tous les deux.

Le crédit mis du temps à être accepté. Peut-être un message à prendre comme avertissement mais à cette époque, je restais sourd aux messages que la vie mettait sur mon chemin. Malgré les problèmes financiers dans le monde, la France restait un des pays où l'habitation n'était pas touchée par la crise. Les taux des crédits étaient conséquents. Malgré deux salaires, les banques restaient frileuses. Après quelques mois, la banquière donna enfin son feu vert.

Il y avait des travaux à faire avant d'emménager. Aussi, après le boulot, je venais poncer, plâtrer et peintre les murs, défoncer et refaire les plafonds des chambres. Mes parents venaient pour refaire le carrelage de la salle de bain. Beau papa faisait le circuit électrique. La maison était habitable quand Louise arriva. Beau bébé souriant que nous allions promener avec Marjolaine. On ressortait le petit lit que nous mettions dans notre nouvelle chambre. Je me laissais pousser le ventre que seul le vélo empêchait de s'étendre. L'agriculture bio apprise plus de dix ans auparavant était bien en place maintenant. La rentabilité qu'elle pouvait offrir étouffait la philosophie de vie qui allait avec au début. Le bien-manger dans une société de proximité était passé au second plan. Les fruits et légumes venaient du monde entier avec des modes de productions tous sauf respectueux de la nature et du personnel qui récoltait. Tout le monde prenait conscience de l'impact de la pollution. Malheureusement, pour beaucoup, acheter simplement un article avec le petit logo bio permettait de se dédouaner des problèmes des autres sans plus de soucis que ça.

Je mettais en pratique les cours dans mon propre jardin. Mes légumes faisaient ma fierté. J'étais devenu végétarien depuis longtemps. J'aurais pu pousser un peu plus loin la production pour acquérir une autonomie alimentaire mais j'avais pas envie de trop m'enquiquiner. J'avais pris goût au confort qu'offrait une situation stable. Derrière le jardin il y avait un enclos où vivaient des biquettes qu'il fallait entretenir. Parallèlement à l'alimentation, je continuais mes recherches sur l'organisme. Notre corps est quand même composé de plus de soixante dix pour cent d'eau. Internet, au temps de l'ère du verseau, facilitait les recherches. Comme on renverse une jarre pour faire le trie, on pouvait taper un mot. Restait à trier sur l'écran les propositions qui arrivaient en moins d'une seconde. Des théories diverses tournaient sur le net. Dans certaines, le rôle de l'eau ne se limitait pas à fournir des ions pour les réactions chimiques internes. Certaines parlaient de schémas des molécules d'eau qui transmettait toutes sortes d'info à vitesse quasi luminique d'où l'aura que

169

notre corps pouvait émettre. Certain parlaient de la mémoire de l'eau. Un japonais, Masuro Emoto, avait même pris des photos de cristaux d'eau gelée soumis à divers sentiments pour prouver ses dires. Mais au temps du numérique son idée était tombée dans le fleuve de l'information.

La pollution, la pasteurisation de l'eau du robinet et le conditionnement de l'eau de source entravaient les qualité de l'eau. Pour vérifier le bien fondé des théories new-age, je passais à l'eau osmosée. Une eau débarrassée des minéraux et polluants divers par un passage dans des filtres de plus en plus fins. Maintenant, j'avais du mal à manger la cuisine industrielle. Elle me donnait des brûlures d'estomac. Je réactivais l'eau au soleil comme le faisais les chinois du premier millénaire. Malgré toutes ces recherches passionnantes, une routine s'installait. Métro, boulot, dodo. L'ambiance au boulot se dégradait. A faire mes recherches très particulières, je m'étais détourné des sujets habituels de discussion grand public. Le foot, la télé et les histoire de cul ne m'intéressaient plus. Je ne faisais même plus l'effort d'écouter les conneries que pouvaient raconter les collègues.

En traînant sur internet, je remarquais une similitude entre une région d'Écosse et les cartes de Tolkien que j'avais vu en lisant le seigneur des anneaux dans mes jeunes années militaires. J'approfondissais mes recherches. La similitude était plus que troublante. Ce que Tolkien avait mis en avant dans ses écrits avait été souligné dès le début de l'humanité par les hommes préhistoriques. Ce qui ressemblait à la montagne du destin dans le livre, était jalonné de menhirs et de tunnels sur le terrain. Les légendes y plaçaient le royaume de Morven. On avait presque la même chose en France sous le nom de Morvan où les druides batifolaient les nuits de pleine lune. Je ne pouvais pas en rester là. L'avantage du Havre, c'est qu'il y a juste la mer à traverser pour arriver en Angleterre. Je posais deux semaines de vacances pour aller sur les routes. Ça me changerait de la routine quotidienne. Une petite promo permettait de rejoindre l'Écosse, de nuit, pour la modique somme de quatre vingt euro l'aller-retour. Je remettais ma serviette, ma paire de chaussettes et mon slip kangourou dans le sac à dos avec le duvet et la tente. Ça faisait trop longtemps que je n'avais plus connu l'aventure. Mais les réflexes, c'est comme le vélo, ça s'oublie pas. J'embrassais les filles et prenais la voiture. Je la laissais sur le parking du port où Sophie viendrait la chercher le lendemain. Je montais sur le ferry et squattais le salon du bateau pendant la traversée. L'Angleterre arrivait avec les derniers rayons de soleil. Budget mini, il fallait trouver un squat gratos pour la nuit. Une pelouse à l'écart, à l'abri des regards derrière une grande haie fit parfaitement l'affaire. Le matin je marchais dans Southampton pour prendre le train jusqu'à Londres. Je ne me rappelais plus l'excitation que pouvais provoquer l'aventure. Je me retrouvais comme un gamin tout content d'avoir un simple paquet de bonbons. Il fallait attendre le train du soir. J'en profitais pour visiter la capitale sur les bords de la Tamise. La grande roue, le palais de Buckingham, big Ben sans oublier le Cornichon qui faisait avaler bien des salades sur les affaires financières qui s'y déroulées. Vers dix huit heures, je coupais vers le nord pour rejoindre la gare de King's Cross. Je chargeais mon sac de bouf pour la semaine. L'heure de partir arriva. Le voyage allait durer dix heures. Dix heures à traverser l'Angleterre pour atteindre la capitale des Highlands.

Je me réveillais une heure avant l'arrivée. Nous avions déjà franchi le mur d'Adrien. Ridicule frontière de pierre que l'empereur avait fait construire pour repousser les Brigantes. La région était sillonnée de collines, les même que dans le film Highlander où Christophe Lambert voulait garder la tête sur les épaules. J'avais aimé ce film. J'avais déjà fait le voyage deux fois pour retrouver cette terre qui m'impressionnait toujours autant. Peut-être le reliquat d'une vie antérieure. Au détour d'un cnoc, colline locale, une ville apparue, Inverness.

J'avais pas vraiment réfléchie avant de partir. L'Écosse était un plus au nord que la Normandie. La neige que je voyais sur les collines au loin me le rappelait brusquement. J'espérais que mon duvet serait assez épais pour garder mes fesses au chaud. Je n'avais pas beaucoup de temps pour mon projet. La montagne du destin de Tolkien était assez loin à l'intérieure des terres. Je ne savais pas si le stop marcherait beaucoup par ici. Je trouvais l'office du tourisme pour récupérer une carte du coin sur un dépliant gratuit. J'étais maintenant prés à partir sur les routes. Je marchais tranquille tendant le bras à chaque voiture qui passait. Aucune ne s'arrêtait. Très vite, la décision de prendre un train local m'apparut comme obligatoire. Mon budget ricrac me permettait de prendre un ticket pour un petit tronçon de voie ferrée. Le train roula une heure vers le nord. J'avais bien avancé. Je continuais la route. Le stop ne marchait toujours pas. Le soir arriva. J'étais prêt d'un pont qui franchissait un grand estuaire. Je plantais la tente dans les dunes de sable. La première nuit me donna l'information. Oui, l'Écosse était bien plus au nord que la France. Oui, je me pèlerais les cacahuètes tout le long du séjour.

Je repartais le matin après un petit déjeuner frugal. Je continuais d'avancer vers le nord, traversant des forêts de pins, de chênes, longeant des cnoic aux formes arrondies. L'après midi, une voiture s'arrêta enfin. C'étaient des français en vacances. Ils montaient vers les îles des Orcades. Un coin sympa à voir aussi. Ils me demandèrent si je voulais les accompagner. Bien que tentante, je déclinais leur invitation. Tolkien avait trop bien ficelé son roman pour que je laisse tomber. Ils m'emmenèrent jusqu'au pied de la colline qui marquait le début du parc de

Golspie.

La route s'enfonçait maintenant vers l'intérieur des terres. Il n'y avait plus de voiture qui passait. Le chemin montait, silencieux, petit à petit, traversant des forêts de pins, des vallées encadrées de collines. Par endroit, des fermes en ruines marquaient le passé agricole de la région. Vu la latitude, l'hiver doit être bien rigoureux dans le coin, ce qui expliquait peut- être l'exode rural en plus de l'invasion des moutons.

Des troupeaux des cerfs, moitié sauvages, traversaient les champs. Le ciel commençait à se couvrir. Mon instinct d'homme des bois m'avertit de profiter de la seule grange encore debout qui se trouvait sur le chemin. J'y établis mon campement pour la nuit. Bon réflexe ! Le toit était fait de taules. Elles amplifièrent le bruit des grêlons qui tombèrent toute la nuit. Au matin, des petits ruisseaux s'écoulaient des hauteurs, plus aucun nuage dans le ciel.

Personne à l'horizon, j'en profitais pour mettre mes fesses à l'air pour la toilette matinale. Petit déj froid et départ. J'avais la carte dans les mains. Autant sur l'ordinateur c'était facile de se rendre aux collines décrites par Tolkien, autant sur le terrain, la difficulté apparaissait. Les collines des Highlands sont couvertes de mousse et de tourbe. Sortir des chemins balisés devenait très vite dangereux. Après l'orage de la nuit, le sol était gorgé d'eau. Très vite les chaussures, choses primordiales pour le marcheur, pouvaient peser une tonne et mettre en péril la santé des pieds. Le but du voyage se profilait sur l'horizon, juste là sous mes yeux mais restait inaccessible. Après une journée de marche qui me laissait toujours aussi loin des collines, l'idée fût abandonnée. Ce n'était pas grave. Ce n'était que partie remise.

L'Écosse était splendide. Rien que de la parcourir me donnait du bonheur. Je ne verrais pas les collines de Tolkien mais je profiterais de mon séjour pour visiter le pays. C'était surprenant de voir l'empreinte qu'avaient laissé les hommes préhistoriques avec les nombreux menhirs sur les collines. Qu'est ce qui avait pu les pousser aussi loin vers le nord ? Les légendes celtiques parlaient de royaumes de fées, de démons qui instruisaient les hommes. Les plus courageux prenaient la mer pour venir suivre un an de formation suite à quoi ils retournaient chez eux mettre en pratique le savoir acquis. Mais comment vivaient-ils l'hiver quand les Highlands se couvraient de neige?

Mon sac à dos que j'avais bien trop chargé au départ était léger maintenant. Après une semaine de route, il s'était bien vidé. En bon professionnel, j'en avais tiré la leçon. Je marchais de village en village en prenant juste le minimum pour deux jours. La campagne écossaise était traversée par plein de petits ruisseaux descendant des montagnes, vierges de toutes activités humaines, qui fournissaient en abondance une eau potable. Je marchais du lever au coucher du soleil. Évitant les villes, traversant les forêts, les vallées. Je dormais sur les bords du Loch Ness, sans me soucier d'une éventuelle visite de la petite Nessie.

Quand j'étais fatigué, je traversais les champs pour rejoindre un cours d'eau, loin de la route et de l'éventuel paysan qui traînerait dans le coin. Je m'allongeais parmi les plantes et les fleurs multi couleurs, parallèle à la rivière, en prenant soin de ne rien écraser et je m'endormais. On aurait dit la jeune Ophélie du tableau de Millais mais je n'étais pas mort. Les fées, les muses de la rivière, pendant mon sommeil, m'apportaient leur énergie, leur vigueur. Au réveil, je les remerciais grandement en sentant la force nouvelle qui m'habitait et je reprenais la route. Je me rapprochais de la nature. A tel point qu'une fois, en passant dans ce qui semblait être un ancien parc de château, avec des vieux cèdres du Liban centenaires, elle me parla. Rester en contact vingt quatre heures sur vingt quatre avec elle m'avait-il rendu plus réceptif ?

L'eau des rivières coulait maintenant dans mes cellules. Permettait-elle une harmonisation des vibrations ? Un passage du message ?

Les arbres me racontaient un carnage. Je n'avais pas de repère pour le dater mais des hommes avaient enchaîné d'autres hommes dans ce parc pour en manger certain. Les lieux avaient gardé en mémoire un drame anthropophage. Je ne traînais pas trop dans le coin car la mémoire des arbres donne des informations sensorielles avec tout le ressenti que l'on peut avoir avec. Moi végétarien, toute cette histoire de viande me dérangeait un peu.

Ce voyage fût une fois de plus plein d'enseignements. Les rayons de la bibliothèque que beaucoup cherchait sous la pyramide de Gizeh n'étaient-ils pas cachés dans nos cellules ? Dans les brins d'ADN ? L'énergie tellurique bien utilisée pouvait-elle élever notre niveau de conscience au point de pouvoir déchiffrer tout ce savoir latent accumulé aux fils des générations ? Voir plus si l'on comptait l'expérience de chaque atomes ?

Il était l'heure de rentrer à la maison, de reprendre le train dans l'autre sens. J'arrivais à Londres le sac à dos vide autant que le porte monnaie. Mais, bizarrement, sachant que je n'avais qu'une nuit à attendre avant de manger, cela ne me dérangeait pas du tout. Je n'avais aucune crainte. J'avais une confiance aveugle en l'avenir. Il me fallait trouver un lieu où dormir. Londres est quand même une grosse ville. Autant dormir dans les forêts ne me faisait pas peur, autant la zone urbaine avec tout ce qui peut y traîner m'inquiétait plus. Un vieux cimetière à la mode anglaise, avec des tombes éparpillées partout, en plus ou moins bon état au milieu des arbres m'apporta la solution. Au moins, les gens qui dormaient là ne feraient pas de bruit la nuit. Le matin, je sorti discrètement de l'enclos. Je rejoignis la gare pour Portsmouth. Je remontais sur le bateau.

Sophie m'attendait sur les quais avec les filles. Je les embrassais. Autant elles m'avaient manqué autant dormir seul ne m'avait pas gêné. En Écosse chaque jours était une aventure merveilleuse mais fatigante. Je m'endormais à peine le duvet fermé sans penser une seule fois à la femme qui partageait ma couche habituellement.

Nos rapports conjugaux changeaient. Devenir mère une première fois avait changé son approche sexuelle. Cela n'avait pas duré longtemps. Par contre, après le deuxième enfant, notre relation avait clairement changée. Quand on participe à la création d'une vie, le plaisir charnel passe après. Bien que presque quadragénaire à l'époque, j'étais encore jeune dans ma tête. Je ne voyais pas plus loin que ma queue. La vision de Séverine la bretonne vint hanter mes rêves une nuit. Suite au séjour écossais, j'avais repris le chemin de l'ésotérisme. Je regardais avec plus d'attention le contenu des rêves que je sentais prémonitoires. Après quelques recherches sur internet, je trouvais un site qu'elle partageait. J'écrivis sans plus de convictions que ça et elle répondit. Elle me disait qu'elle venait de rentrer de Chine. Elle avait passé dix ans là bas à monter les échelons. Nous parlions du passé.

J'étais vraiment con à l'époque. Dans nos échanges, je glissais vers la nature des sentiments que j'éprouvais encore pour elle. Pendant que Sophie dormait dans la chambre juste au dessus de moi, j'écrivais à mon ex que je l'aimais encore. Elle coupa net les ponts et elle avait raison. C'est bien plus tard que je découvrais la dimension temporelle des choses. J'aimais Séverine mais c'était la Séverine du passé avec tout ce qui s'y rattachait que j'aimais en fait. Le pouvoir d'achat, la première voiture, la forme physique, les premiers amours. Mon ego mélangeait tout. Après toute cette eau qui avait coulé sous le pont, que restait-il de tout cela ? N'était-ce pas plutôt mes envies personnelles qui trouvaient satisfaction dans ces amalgames ?

Ma relation avec Sophie commençaient à s'effriter. Une routine s'installait que seul le confort de la vie permettait d'accepter. Je devenais de plus en plus distant. Je connaissais le pouvoir d'une vrai discussion mais ne m'en servais jamais. Le couple existait, c'est tout. On avait encore des points communs qui nous avaient rapproché. Comme, par exemple, les mêmes opinions sur la dérive financière de

181

l'économie globale. Nous étions des altermondialistes babacools qui se tenaient informé des
problèmes de nutrition qu'entraînait l'indus-
trialisation de la de bouf, le dérèglement
climatique, l'actu mondiale.

Une année, le G8 avait eu le culot de se
réunir de l'autre coté d'l'eau. Une expression
bien havraise qui désignait les rives opposées
de la Seine. Les grands de ce monde se
retrouvaient à Deauville pour prendre le thé.
C'était impressionnant. Le Havre n'avait pas
connu cela depuis la libération. Des
hélicoptères sillonnaient le ciel en permanence. Des lanceurs de missiles étaient
positionnés sur les hauteurs de la ville. Le pont
de Normandie était fermé à la circulation,
gardé par des militaires en arme. Beaucoup
d'assocs altermondialistes s'étaient donné
rendez-vous pour défiler. Nous nous joignons
au cortège qui traversait la ville. A chacune des
rues perpendiculaires, nous apercevions les
compagnies de CRS qui nous suiviaent en
parallèle. Manifester comme ça était-il encore
utile? Madoff avait foutu une merde pas
possible mais les grands de ce monde continuaient comme si de rien n'était, fermant les
yeux sur les paradis fiscaux. L'économie virtu-

elle brassait vingt fois plus de tunes que les bourses mais la fiscalité y était si floue, qu'elle privait les pays de revenus non négligeables. Le pouvoir d'achat tombait et on accusait les auto entrepreneurs de faire concurrence aux petites entreprises sans penser aux multinationales qui pillaient l'état.

J'allais travailler le lendemain. Les collègues savaient même pas qu'Obama avait mangé en face.

Je continuais le boulot comme une routine. Je n'apprenais plus rien, j'avais fait le tour des appareils à réaliser en autodidacte. Les patrons nous annonçaient qu'un gars arrivait. Il ferait les appareils dont j'aurais dût apprendre la fabrication. C'était pas grave, le boulot me faisait de plus en plus chier. Je commençais à regarder les formations internes que je pouvais m'offrir la boite. C'était un avantage des contrats indéterminés. Je misais sur la tapisserie. Réfection des vieux fauteuils, des chaises, teintures murales. Tout un tas de bricolage où le coté artistique avait sa place. Ma première demande fût refusée. Mon patron savait qu'il ne pourrait pas le faire deux fois.

Je pensais à tout cela sur mon vélo en rentrant le soir. Comme toujours, il y avait un bouchon sur la route qui servait de rocade au village. Je montais sur le trottoir pour doubler tout ce p'tit monde. J'avais mon vélo tout neuf. Un modèle plus léger pour la route. Il fallait descendre du trottoir le temps de passer une route perpendiculaire et remonter dessus après. Le gars vraiment très con, trop sur de lui-même, je sautais sur la route. Je prenais mon élan pour remonter sur le trottoir d'en face et paf! Je ne maîtrisais pas encore mon nouveau vélo. Sans amortisseur, il avait moins de flexibilité, de réactivité. Au lieu d'atterrir sur le trottoir, je me mangeais la bordure. Je fis un vol plané qui m'envoya m'encastrer dans une voiture. La conductrice en sorti furieuse. Je la calmais difficilement. J'avais même pas fait d'égratignure sur sa caisse. Je remontais sur mon vélo, m'arrêtais au bar pour acheter un loto. Puis je pédalais dans la cote pour atteindre la maison. J'avais un peu mal à l'épaule. La douleur ne passant pas. Je téléphonais à Sophie pour qu'elle aille chercher les filles à l'école. De mon coté, je prendrais le bus pour aller à l'hôpital. Après deux heures d'attente aux urgences, le verdict tomba. Je

184

m'étais déboîté l'épaule, il fallait opérer dans la foulée. Je retéléphonais pour avertir la petite famille. Je resterais la nuit à l'hôpital. Le lendemain je passais sur le billard. On me mit des broches. Je ressortais avec une attelle et un arrêt maladie de deux semaines. C'était pas cher payé pour avoir des vacances en plus. J'en profitais pour refaire un dossier de formation interne.

Le temps passa trop vite. Trop de soleil, trop d'activités plaisantes. Il fallait reprendre le boulot. Le premier jour je croissais une jolie jeune fille qui se servait de mes outils. Les patrons s'étaient mis à la mode d'embaucher un stagiaire gratos pour me remplacer le temps de l'arrêt. La fille partait, je reprenais mon établi.

Monsieur Bravard, toujours aussi con m'avait donné un boulot sur une feuille de brouillon, avec toujours ce coté bâclé. Un croquis mal exécuté avec peu d'infos. Avec tout ça, il fallait rendre un appareil opérationnel. Mais voyons, à part Joséphine, ange gardien, qui claquait des doigts, je vois pas qui pourrait faire des miracles avec cette merde.

Les problèmes perso me trottaient dans la

tête. J'avais déposé mon dossier de formation dans le bureau du directeur. Aucune réponse, ça m'énervait. J'aplatissais les rivets au marteau en ressassant les solutions quand Ludo arriva sur ses grands chevaux. Il était vraiment très con. Il croyait qu'avec le peu d'info qu'il donnait à chaque fois, on allait lui pondre un appareil opérationnel dés le début ? A chaque fois ça tournait à l'engueulade. C'était devenue une habitude. Je continuais d'aplatir les rivets pendant qu'il déversait sa litanie. Il avait fini le monsieur ? Parce qu'aujourd'hui, j'avais pas que ça à foutre à l'entendre gindre. Pour mettre fin à la scène, je tapais un gros coup de marteau sur l'établi. Je lui dis tranquillement qu'à l'armée, on tombait le galon pour résoudre les conflits mais que chez les civils, un lâche pouvait se cacher derrière son statut pour faire chier le monde. Penaud, il finit sa phrase et remonta dans son bureau. Les collègues étaient tous contents quand Ludo en prenait pour son grade.

Je finissais mon boulot. La journée se terminait. Il pleuvait. Je montais sur mon vélo et me dirigeais vers le Havre. J'avais une course à faire avant de rentrer. La pluie était lourde. J'aimais bien la pluie, elle était source

186

de vie. Je papotais avec elle. Quand elle tombe comme ça, c'est que quelque chose se prépare. La course faite, je rentrais à la maison. Journée de merde. Soirée devenue classique. Cuisine, repas, vaisselle et au lit.

Les filles étaient grandes, elles allaient toutes les deux à l'école. On ne faisait plus de jeu de société. Juste une petite lecture et un bisou. Elles restaient le soleil de ma vie. La nuit était passé vite, pas de rêve, un sommeil profond. Je me réveillais machinalement, m'habillais et descendais prendre le petit déjeuner. Les filles se préparaient pour l'école. Un câlin avec la p'tite, une tentative de dialogue avec la grande qui entrait dans sa phase de crise d'adolescence. Le soleil se levait à l'horizon, inondant le ciel de couleurs chatoyantes. Je prenais mon vélo dans le garage. Il faisait encore un peu froid à cette période de l'année mais savoir que j'allais voir la rivière le long du chemin réchauffait l'atmosphère. Un petit quart d'heure de route, dans les champs, chemin légèrement caché par la brume matinale et j'arrivais au boulot.

Vestiaire, changement de tenue et la journée pouvait commencer. La pause de dix heure approchait quand monsieur Bravard me convoqua dans le bureau. Il pouvait pas attendre la fin de la pause ? Je montais l'escalier, arrivais à l'étage qui servait de magasin et où étaient les bureaux. C'était bizarre, tout le monde évitait mon regard, restait muet. Je frappais à la porte, entrais.   Monsieur Filajac était assis au bureau avec son petit roquet derrière lui. Il me demanda de m'asseoir, ce que je fis. La sentence tomba rapidement. Au vue de mon comportement la veille, j'étais mis à pied jusqu'à la fin du mois où je recevrais une convocation préalable au licenciement. Je n'avais pas le choix, je n'avais rien à dire c'était comme ça. J'aurais pu gueuler, j'aurais pu tout casser. Ça n'aurait servi à rien. Je n'en avais même pas envie.

Le jugement

Je descendais du bureau et me dirigeais vers le vestiaire. Les collègues de l'atelier étaient bien cachés derrière leurs établis, silencieux. Seul Stéphane vint me voir pendant que je me changeais. Il m'expliqua qu'après l'engueulade, Ludo avait convoqué un par un tous les gars pour leur demander un témoignage écrit. Toute aussi grande gueule qu'ils étaient, à casser du Ludo à chaque fois qu'il y avait des problèmes, tous avaient rédigé un récit plus ou moins chargé, avec description simili précise des faits qu'ils avaient aperçu de loin, sans le son. La veille, ils piaffaient comme des p'tits fous suite à l'engueulade. Aujourd'hui, ils étaient tous devenus des petits chiens inoffensifs, la queue entre les jambes, prêts à sacrifier un collègue plutôt que de s'affirmer. Ils avaient une occasion en or de l'envoyer se faire foutre mais non. Bien conditionnés, ils s'étaient tous alignés.

A l'armée, dans les camps d'entraînement, on m'avait dit que c'est dans la tourmente qu'on voit le vrai visage des gens. Le masque était tombé et c'était pas beau à voir. Je finissais de m'habiller. Le fait de rester calme m'avait permis d'avoir assez de recul, de garder la tête sur les épaules. Je pris, sur le panneau d'affichage du comité d'entreprise, les notes de synthèse des dernières réunions. Elles pourraient être utiles tellement elles soulignaient le manque de rigueur de Ludo malgré les remarques systématiques auxquelles il avait droit à chaque réunion. Je serrais la main de Stéphane, le seul qui était resté réglo. Dans son témoignage il marquait simplement que nous nous étions disputé. Je montais sur mon vélo sans me retourner et parti.

Eddy Mitchel avait fait une chanson où il n'osait pas rentrer chez lui après son licenciement. Mais fuir ne servait à rien. La rivière avait le même visage, les mêmes couleurs. L'air s'était réchauffé avec le soleil levant la brume. Chaque coup de pédale amenait un nouveau sujet de réflexion: Comment allait réagir ma femme, comment allions-nous payer la maison... Déjà se profilait une idée de contre attaque. Le bon Ludo allait pas s'en tirait comme ça. Merde, nous étions dans un état de droit. Les révolutions avaient amené des lois qui étaient censées protéger le citoyen contre les abus de toutes sortes non ?

Sophie travaillait. J'avais la journée devant moi pour préparer ma défense. Je téléphonais aux prud'hommes pour leur exposer le problème. Ils se rangeaient à mon coté. Il y avait là un peu beaucoup d'abus de pouvoir. Nous primes rendez-vous l'après-midi même pour en discuter.

Le repas de midi fut frugal. Des pâtes avec du beurre, rien de plus. Elles étaient les prémices de ce qui nous attendait pour les mois à venir. Le beurre serait le dimanche, jour du seigneur seulement. Je remontais sur mon vélo. Coté transport, j'avais, sans le faire exprès, bien anticipé. Je n'aurais rien à débourser. Il allait falloir compter les moindres dépenses. Je roulais vers le Havre. J'accrochais mon vélo à la fac. Celle où j'avais passé deux ans à étudier le transport international pour en tirer la conclusion que la mondialisation emmenait la planète vers sa chute. Ça m'avait qu'en même donné le temps de m'occuper de Marjolaine pendant sa première année, ce qui n'était pas rien.

Comment les filles verraient-elles leur père licencié, incapable de subvenir à leurs besoins ? Comment le jugeraient-elles ? Le bâtiment des syndicats était couvert d'affiche.

C'était le point de départ de tous les défilés qui avaient jalonné mes dix dernières années professionnelles.

Jeune, en CDD j'avais marché pour maintenir les droits durement gagnés depuis la révolution industrielle. En CDI, bien que croyant n'ayant plus rien à craindre, j'avais continué de marcher pour que tout le monde garde les bénéfices de notre système social, de la sécu et du chômage. Mais tout cela se dégradait. Les trentes glorieuses gagnées dans le sang des millions de morts de la guerre mondiale étaient à présent loin derrière nous. Les présidents se succédant à l'Élysée n'étaient plus que des pantins dont les multinationales tiraient les ficelles.

Le représentant syndical me reçu dans son bureau. Je lui expliquais rapidement les faits, sorti les comptes rendus de réunions que j'avais piqué sur le panneau avant de partir. La conclusion de l'entretien fût nette et précise. Il y avait licenciement abusif qu'il fallait porté devant les tribunaux.

Je souriais jaune. La nouvelle était bonne mais je connaissais le temps que prendrait la procédure pour arriver à sa fin. Nous prenions rendez-vous pour l'entretien préalable au licenciement. J'avais vingt jour à attendre, sans salaire, sans aucune possibilité d'avoir une quelconque rentrée d'argent. J'allais cherché les filles à la sortie de l'école. Leur préparais le goûter comme si de rien n'était. Je les aidais à faire leurs devoirs. L'heure du face à face conjugal approchait.

Sophie gara la voiture devant la maison. Descendit avec son gros sac sur l'épaule. Elle entra. Bonjour, bisous, patati patata. Je lui demandais de s'asseoir. Les enfants étaient dehors en train de jouer. Je lui annonçais la nouvelle. Au fur et à mesure que j'expliquais la situation, son visage se décomposait. Quand le mot licenciement arriva, elle ne souriait plus depuis longtemps. La réaction fût rapide. Elle me lança à la figure que j'étais un gros con, que nous allions mourir de faim, qu'il fallait que je me bouge les fesses pour arranger tout ça. Puis elle monta dans la chambre pour pleurer. Le ton était donné. Le repas du soir fût silencieux, lugubre. J'en profitais pour dire aux filles que j'aurais tout le temps de les emmener à l'école à partir d'aujourd'hui. Elles, au moins, étaient contentes de voir leur père plus souvent.

Dans le lit, nous discutions enfin des événements. Sophie s'était calmée et nous pouvions faire le point. La mise à pied m'empêchait toute démarche qui pouvait me ramener de l'argent. Je n'avais qu'à attendre vingt jours pour voir comment les choses tourneraient. Vingt jour à préparer les bons arguments pour l'entretien préalable au licenciement, accompagné du syndicaliste. Vingt jours sans aucune rentrée d'argent possible. Vingt jours à ruminer.

La fin du mois arriva et avec elle, les prélèvements automatiques. Nos faibles économies sur le compte permettaient de faire face pour l'instant. Je reçu un recommandé qui fixait la date et l'heure de l'entretien. Je contactais les prud'hommes. Le représentant se déplaça à la maison pour mettre au point la défense. Nous notions les questions précises qu'il poserait. Je ne devais rien dire pendant la réunion. Tout cela nous fournirait les éléments qui allaient servir d'argumentaire devant les juges du tribunal.

Le jour J, nous nous retrouvions cinq minutes avant pour bien revoir la manière de faire. Monsieur Filajac et son roquet nous attendaient dans le hall. Aucun employé ne traînait dans les parages. Le verdict était confirmé, j'étais licencié pour faute grave.

Le représentant syndical posa les questions, nota précisément les réponses. Il demanda si les patrons voulaient faire un arrangement à l'amiable ce que Bravard refusa net, tout content d'avoir sa petite revanche. Se rendait-il compte ce gros con, que pour une dérisoire satisfaction personnelle, il mettait la vie d'une famille en péril ? C'était peut-être aussi l'obligation de financer la formation interne qui avait précipité les choses. A la deuxième demande, l'entreprise n'avait plus le choix, elle devait accepté et payer. Mon dossier était resté sur le bureau, sans réponse.

Voilà comment finissaient dix ans de bons et loyaux services. A la rue pour une simple question de tune, de pognon. J'avais donné du cœur à mon ouvrage pour que les petits enfants qui souffraient d' handicap retrouvent un peu de bonheur dans leurs appareils. J'avais pris sur mon temps perso pour arriver plus tôt le matin pour finir le travail en temps et en heure parce que le gros Bravard était incapable d'être organisé. Et tout cela pourquoi ? Pour me retrouver sur le trottoir.

J'avais maintenant les papiers qui me permettaient de m'inscrire à pole emploi. Ça ne servirait pas à grand-chose. Étant licencié pour faute grave, je n'avais droit à aucune allocation avant trois mois. Mon assurance payerait l'avocat pour le jugement qui se mettait en place mais qui payerait la bouf, la maison ?

Je réussi à décrocher quelques petits contrats mais on était loin du compte. A la fin du deuxième mois les comptes en banques étaient vides. les premières cotisations impayées allaient arriver, avec pour chacune d'entre elle une engueulade de Sophie pour mon comportement qui nous avait mis à la rue. Étais-je fautif si les patrons s'organisaient comme des manches ? Étais-je fautif si le monde allait mal ?

Les hommes avaient eu trente ans pour redresser la barre. Au lieu de cela, chacun n'avait pensé qu'à sa tronche pour en arriver là aujourd'hui. Premier acte du jugement, trois mois après le licenciement.

Tout était très codifié. Un simple entretien de cinq minutes entre mon avocat et les patrons était prévu dans le code du travail, des fois qu'ils voudraient changer d'avis. Bien sur, aucun ne se déplaça. On passait au niveau deux du jeu. Un entretien entre les avocats de chaque partie. Pour cela, il faudrait attendre plus de cinq mois, les tribunaux étaient pleins à craquer, surchargés.

Cinq mois à chercher du boulot, à voir mon couple se dégrader parallèlement à nos finances. Les impayés s'entassaient, nous recevions des lettres de mise en demeure. Nous décidions de franchir les portes de la banque de France. L'heure était venue de faire un dossier de surendettement pour freiner la chute. Plus de chéquier, plus de capacité à ouvrir d'autres crédits. Nous étions fichés pour cinq ans. Le deuxième round du tribunal arriva plus tard que prévu. Le monde de la justice se plaignait des nouvelles dispositions que prenait le président. Il avait peur de pas pouvoir défendre la veuve et l'orphelin qu'il disait. Du coup tous s'étaient mis en grève. Ce qui décalait le jugement de quelques mois supplémentaires. Encore des jours à prier le bon dieu et ses ouailles de faire un geste pour moi. Les avocats avaient mis presqu'un an pour confronter leurs plaidoiries. Il en était sorti un avis défavorable pour mes ex-patrons qui devaient rétrograder le niveau de la faute commise et payer de juteuses compensations. Bien sur, ils firent appel, ce qui relançait la machine pour un an . Comme si on n'a que ça à foutre d'attendre quand on crève la dalle.

J'avais trouvé un petit contrat dans un ESAT, un atelier qui employait des handicapés pour que les grosses boites aient des cotisations en moins. Je surveillais le tri des cartons qui venaient de Chine. Un autre moyen de faire le tour du monde. Il y avait des échantillons de parfums à conditionner, des tee-shirts à regrouper. L'ambiance était sympa. Ça permettait de reprendre un peu de souffle.

Je profitais de l'accalmie pour prendre des cours de yoga. Le truc zen que Ganesh, dieu éléphant, avait payé d'une dent avant de le refourguer aux hommes il y quelques millénaires. Une heure par semaine de détente en pleine campagne avec le chant des oiseaux en musique de fond. Pour payer, j'aidais gratuitement à faire le futur local de gym pilate.

Le printemps arrivait. J'allais aux cours en vélo. De voir les cerisiers en fleur, les bourgeons qui sortaient, me faisait penser aux raisons de notre place sur cette terre. Nous n'étions pas là pour manger et claquer des tunes. Nous étions dans un écosystème où l'homme avait sa propre place. Mais il avait oublié depuis longtemps son existence.

Le problème quand tu réfléchis à retardement à tout cela, c'est que tu traînes un boulet qui te rattache à la dure réalité paradoxale des choses. Poids des erreurs qui s'étaient accumulées et qu'il fallait corriger. Certains appelaient cela le karma.

Je cumulais les petits contrats. Ils pouvaient durer d'un jour à deux semaines. Le directeur de foyer avait compris la logique financière des choses. Il rentrait lui aussi dans un cadre productiviste. Pas de cdi en vue. Je restais un employé malléable, corvéable à merci rien qu'en changeant les termes du contrat. Un petit contrat, deux semaines de chômage, tout cela ne réglait pas mes problèmes de sous. Tous les mois, les cotisations tombaient comme un couperet me rappelant la précarité de ma situation.

Au départ, je restais sur l'atelier, c'était sympa. Mais ma polyvalence fût vite utilisée à d'autres fins. J'allais maintenant, en petite fourgonnette, dans les entreprises qui demandaient un coup de main chez elles. Comble de l'ironie, pour allait au bout de sa logique, le directeur imposait un rendement à ceux qu'il envoyait sur le terrain. Si bien que les membres de l'équipes, en situation de handicape, avec des moyens limités, ne pouvaient venir à bout de ces impératifs de temps tout seul. C'était au moniteur de combler les lacunes afin d'assurer la rentabilité. Cela donnait au poste une toute autre dimension bien loin de ce qui était prévu au départ.

J'avais maintenant suffisamment travaillé pour retrouver des droits au chômage et à la formations. Après plus de quarante contrats, sans aucune perspective d'embauche, je décidais de retourner à l'école. Ça faisait plus de dix ans que je n'avais plus mis les pieds dans un centre de formation. Je me tournais vers l'électricité. J'atterrissais dans un lycée professionnel du Havre. Le premier jour fût ahurissant. Nous nous retrouvions cinq poilus dans la bibliothèque avec des exercices à faire. C'était une idée de la bibliothécaire pour faire passer le temps car il n'y avait aucun prof, aucune autre information avant le lendemain. Le soir, je partageais mes doutes avec Sophie sur la valeur de cette formation. Elle me raconta que c'était normal, que pour avoir des sous il fallait passer par là. Mais moi, l'intérêt de ma petite personne passait après celui des comptes en banque ? Le lendemain, nous nous retrouvions dans une salle, attendant une bonne heure avant qu'un professeur vienne nous voir. Il nous refila une série d'exercices sur photocopies et repartie dans la foulée.

La formation étant pour adulte. Le ministère avait jugé que nous étions assez grand pour apprendre tout seul. Tous les cours se passaient ainsi. Photocopies pour l'anglais, les mathématiques, le français, l'histoire et ordinateur pour chercher nous même les résultats. Plus j'avançais et plus j'étais sidéré de voir l'évolution du système, de deviner l'emprise des sous. La formation avait un impératif de sélection. Normalement, nous devions avoir le CAP d'électricien, ce qui permettrait de préparer le BAC électricien avec les bases nécessaires. Mais le lycée, pour assurer ses subventions, n'ayant pas son quota de stagiaires diplômés, avait pris tous ceux qui se présentaient avec ou sans ce fichu examen. Je faisais parti des sans diplôme. Mais j'avais quand même un certain niveau d'étude. Ce qui me permettait d'avoir largement la moyenne dans toutes les matières. Par contre, certains élèves donnaient à réfléchir sur l'avenir du monde. Ils traînaient en classe, les mains dans les poches sans même avoir de quoi écrire ni

201

de prendre des notes, juste pour faire acte de présence et toucher les trois cents euros en fin de mois. C'était sidérant ! C'était ça la future génération qui tiendrait la France ? De cinq, nous étions passé à dix élèves dont seulement deux avaient le diplôme initialement prévu. La première année de formation se terminait par un stage en entreprise. Le problème, c'est que le marché était saturé. Il y avait tellement de formation d'électricien qu'il fallait s'inscrire un an à l'avance pour tenter d'avoir ne serait-ce qu'une place de stagiaire.   Sophie, travaillait à la mairie. Elle avait des connaissances qui avaient des connaissances. Un coup de fil me permit de décrocher un stage dans une boite qui bossait pour un chantier de la mairie. J'allais pouvoir mettre en pratique le peu que j'avais appris.

J'arrivais sur le chantier en vélo. On me présenta mon maître de stage qui était aussi jeune que moi. Le courant passa mal dès le début entre nous, chose paradoxale pour des électriciens. Il était souvent hors chantier. Je me retrouvais à rien faire pendant toute la journée. Le midi, tous les ouvriers se retrouvaient dans un conteneur aménagé en cantine. Juste une table bancale et une cafetière fissurée posée à coté d'un micro-onde sale.

Je ne trouvais pas ma place dans tout ça. Je n'avais pas les même sujets de conversations, les mêmes intérêts que les ouvriers et les discussions étaient faussées.

Le niveau du stage était loin de celui promis par le centre de formation. Je me voyais de moins en moins dans ce boulot. Le marché de l'emploi était saturé. Quand j'en parlais à Sophie, elle avait toujours la même réponse : Mon intérêt perso passait après celui des finances du couple.

Avec le poste qu'elle avait, la facilité de son taf, c'était facile à dire tout ça. Madame prenait le thé à la pause pendant que je me pelais les cacahuètes dans mon bleu miteux et mes pompes pleine de boue. J'étais là uniquement pour rembourser les dettes et ça commençait à m'énerver. Je me retrouvais seul. Mes parents pas très riches nous aidaient dans la limite de leurs moyens. Beau papa, ancien cadre du CNRS, roulant en BMW dernier modèle nous faisait des leçons de morale économique sans desserrer les ficelles de sa bourse. Ça donnait un petit problème familiale supplémentaire à l'histoire dont je me serais bien passé. Sophie ne m'écoutait plus. Je ne voyais aucun avenir dans l'électricité. Le niveau ne suffisait pas pour trouver un job vu le nombre de chômeurs expérimentés qui frappait à la porte de l'agence. Il fallait poursuivre les études pour tenter d'avoir une chance sur le marché de l'emploi.

A l'age que j'avais maintenant ça devenait ridicule de poursuivre. Les entreprises veulent le beurre et l'argent du beurre. Un jeune con diplômé qui ferme sa gueule et qu'on paye au lance pierre. Je décidais de lâcher la formation d'électricien. Ce qui n'arrangea pas le couple.

Étant chômeur, dans un système codifié, j'avais profité du temps libre que laisse le chômage pour faire les démarches auprès de la région pour avoir une reconnaissance de travailleur handicapé. Les séquelles de l'opération, à cause des problèmes épileptiques qu'elles provoquaient, permettaient de l'avoir. Toutes les astuces seraient bonnes pour retrouver un job. Cette reconnaissance me donnait déjà un bon prétexte pour quittait l'école, des fois que je fasse une crise dans une armoire électrique.

J'étais vieux maintenant sur le marché de l'emploi. Il y avait beaucoup de monde. Je pense pas qu'un président de n'importe quel parti pourra y changer grand chose. La mondialisation couplée à l'augmentation de la population avançait inexorablement ses pions. J'avais traîné dans pas mal de secteurs professionnels. Il m'en restait quelques uns à découvrir comme par exemple l'hôtellerie. J'en parlais à ma conseillère pole emploi qui m'envoya chercher un stage de découverte. Je frappais à la porte de l'hôtel le plus proche, bien rasé, bien habillé. La patronne, sympa, n'hésita pas une seconde à profiter du coup de main gratuit que lui envoyait l'agence. Je me retrouvais femme de chambre ou plutôt, devrais-je dire, valet de chambre. J'étais en binôme avec Sandrine.

Elle m'appris le boulot qui était simple. Faire les lits, nettoyer la salle de bain et réassortir les produits d'accueil. Après toutes les merdes que j'avais connu dans les métiers précédents, je n'avais plus envie de me casser la tête. C'était impeccable, nous avancions de chambre à chambre en papotant. A onze heures, nous descendions prendre un café avec la directrice pour papoter encore et finir les pains au chocolat que les clients avaient laissé du petit déj. Le stage dura deux semaines, largement suffisant pour connaître le métier.

Maintenant j'avais les bases. Dans l'hôtellerie on pouvait avoir des contrats saisonniers. L'avantage, c'était d'être nourri/logé en ayant une paye quand même. Ce qui permettrait peut-être de rembourser ces putains de dettes plus vite. Je montais sur Paris pour un salon de l'emploi. J'avais peaufiné mon cv, appris le baratin par cœur. Le Club Med, plein de bonne volonté, réservait une part de ses emplois saisonniers à ceux qui avaient la reconnaissance, à moins que ce ne soit pour avoir des avantages fiscaux. Toujours est-il que l'entretien se passa bien. Une semaine plus tard, il m'appelait pour un poste dans les Alpes.

Une nouvelle aventure commençait...

L'ouverture du cœur

Je n'avais jamais voulu de téléphone portable, par conviction. Je faisais partie de ces dix pourcent de réfractaires qui refusaient le progrès qu'on nous vendait en oubliant les interactions sur l'environnement et l'organisme. Maintenant, mon point de vue changeait. J'allais me retrouver six mois éloigné de ma famille, sans aucune vacances. Sophie me trouva un petit Nokia pour pas cher. C'était plus pour que je garde le contact avec les filles que pour parler avec moi. Notre couple était au point mort.

Le voyage pour la montagne durait dix heures. Séverine, la parisienne, la copine du lycée, accepta de me loger une nuit. Cela fractionnerait le temps de trajet. Elle aussi avait connu des déboires amoureux. Cela faisait longtemps qu'on s'était pas vu depuis son histoire orientale. Après la fac, chacun était parti de son coté pour construire sa vie. J'arrivais sur Paris en fin d'après-midi. Je l'invitais au restau pour la remercier. La soirée agréable passa vite. Après le repas, nous papotions sur le canapé quand soudain je vis l'heure. Il était déjà une du mat. Le train partait dans moins de sept heures. Une toute petite nuit et le matin, je courais dans le métro pour la gare de Lyon. Ça me rappelait quand j'étais parti à l'armée. Même sensation de liberté, d'aventure. Direction Grenoble, puis des petites gares dans les montagnes. Le contrat commençait par une formation interne de trois semaines à la station Val d'Isère. Le club était malin. Il payait le voyage mais nous restions chômeurs, rémunérés par pole emploi tant que cette formation ne validerait pas notre capacité à bien bosser. Je connaissais le club par le film des bronzés. La réalité n'en était pas très éloignée. Il y avait une trentaine de stagiaires de tous ages, divisée en trois groupes encadrés par une Gentille Organisatrice, une GO. La première semaine, nous faisions du théorique.

De l'anglais, pour se mettre au standing international que le club voulait atteindre. Nous apprenions son histoire, les bons réflexes à avoir avec des mises en situation et bien-sur, l'esprit d'équipe, chose essentielle quand on bosse six mois d'affilé sans vacances les uns sur les autres.

Après dix ans passés avec les cruches de l'atelier d'orthopédie, ça faisait du bien d'avoir de nouveaux équipiers sympas avec qui partager la découverte d'un nouveau métier, dans une nouvelle ambiance. La deuxième semaines était dédiée à la mise en pratiques dans les quatre cents chambres de l'hôtel.

A la fin de la saison précédente, les femmes de chambres, et les valets de chambre, avaient remis dans les placards les couettes, les lampes de chevet et les poubelles. Il fallait tout ressortir et tout remettre en place. On appelait ça le déshivernage. Nous apprenions à faire les lits au carré, à laver la douche, la baignoire et à récurer les chiottes. A faire une belle présentation avec les produits d'accueil. Tout cela en essayant de gagner en rapidité. Certains stagiaires commençaient à montrer des signes de faiblesse.

Le soir nous avions quartier libre dans la ville. Des groupes s'étaient déjà formé par affinité. Nous descendions au supermarché acheter des biscuits, du jus d'orange. Certains prenaient déjà des pacs de bière. Nous visitions les pubs encore vides. La saison n'avait pas encore commencé. Seul traînait dans le village le personnel de tous les hôtels, restaurants et magasin en tout genre de la station.

La dernière semaine approchait. On nous révéla enfin les hôtels où nous bosserions. Les groupes qui s'étaient formé n'avait plus lieu d'être. Je rejoignais l'équipe de l'Alpe d'Huez. Nous partions le lendemain dans un minibus rempli à ras bord, nos valises sur les genoux. Nous descendions la montagne, passions par Grenoble avant de remonter vers les cimes. Le changement brutal d'altitude était assez désagréable. Beaucoup sortir le petit sac plastique en prévision d'un reflux gastrique. J'en faisais autant. Mais contrairement au voyage militaire, cette fois-ci, mon intestin garda pour lui le repas de midi. Arrivés à l'hôtel, nous fûmes accueilli par notre chef directe, la gouvernante. Petit discours et remises des clés de nos chambres. Repas le soir avec toute l'équipe. Nous découvrions les gens avec qui nous allions passer six mois de l'année non stop.

L'hôtel était bas de gamme. Le club, fleuron de l'industrie française avait été rachetait par un industriel chinois. Le big boss avait dut avoir quelques problèmes financiers car il était introuvable sur la planète pour l'instant. De sa cachette, il voulait en faire un standing de l'hôtellerie de luxe mondial. Mais pour l'instant, notre établissement n'était pas concerné. On voyait bien sur la moquette des chambres, l'état des armoires et de la robinetterie que l'hôtel avait vécu. Nous passions nos journées à faire les lits, nettoyer les armoires, récurer les salles de bain, les chiottes. Nous montions des pacs d'eau, des cartons de savons et gels douche, des flyers pour la présentation de la chambre. Nous étions une petite équipe pour préparer les quatre cents chambres répartie sur six étages.

La théorie était loin derrière nous maintenant. Nous avions des délais à tenir et la chef pouvait cerner ceux qui feraient ou non l'affaire pour la saison. L'hôtel fut prêt, comme par hasard, à la fin de notre période d'essai payée par pole emploi. Deux filles furent convoquées dans le bureau du directeur qui leur signifia gentiment qu'elles ne faisaient pas l'affaire. Pas de diplôme, pas de boulot. Après avoir trimé comme des p'tites folles, elles pouvaient rentrer chez elles et retrouver les bancs de pole emploi. La saison débutait officiellement dans trois jours. Petit à petit, le nombre d'employé augmentait. Des cars amenaient le restant du personnel. Les Gentils Organisateurs, les cuisiniers, les réceptionnistes bref, une vraie petite fourmilière qui s'agitait dans tous les sens. Le nombre de chambre pour le personnel devenait insuffisant. Le club louait à la mairie des apparts avec douches collectives. Nous autre, des étages , avions le privilège de loger en dehors de l'hôtel car il paraissait que nous étions les plus propres. Ce qui hélas se vérifierait par la suite. C'était une bonne chose car le boulot fini. Nous pouvions décompresser ailleurs. La veille du lancement, un grand bal était organisé. Tous était conviés à venir faire la fête. Thème de la soirée : smoking. Comme si, nous, petit personnel, avions dans nos valises de tels fringues. La discrimination commençait avant la saison. J'y rencontrais les dernières femmes de chambre qui arrivaient du Maroc, très jolies mais, voile sur la tête donc mariées. Il y avait aussi une roumaine avec une mini jupe moulante et un accent du tonnerre qui devait n'avoir pas mangé depuis longtemps vu la quantité de biscuit apéro qu'elle ingurgitait. Pourquoi, marié, je m'intéressais autant aux femmes ?

Le lendemain, les premiers clients arrivèrent. Le boulot commençait. Nous étions maintenant plus de trente femmes et valets de chambre. Certains, comme moi, avaient des secteurs fixes d'une vingtaine de chambres. Les autres étaient appelés « tournants » car ils remplaçaient ceux qui prenaient leur jour de congé. Ça aussi c'était nouveau. Pendant six mois, pas de vacances et un seul jour de repos dans la semaine. Le début de la saison commençait bien calmement pour nous. Il n'avait pas neigé beaucoup et le nombre de réservation s'en ressentait. Les premières semaines passèrent donc tranquillement, ce qui permettait de se faire la main avant les premières vacances. La neige arriva avec noël. Ce qui gonfla la clientèle d'un seul coup.

L'hôtel était maintenant plein. Ça boostait les gens, ça renforçait l'esprit d'équipe. Le matin, dans les vestiaires, tout le monde se changeait en rigolant. On attendait les consignes dans la salle télé, aménagée spécialement pour le personnel.

Le réveillon passa incognito. Nous avions le reste de bûches que les clients n'avaient pas voulu à la cantine. J'avais le premier janvier en jour de repos. J'en profitais pour envoyer des cartes aux filles. Le portable servait à garder le lien avec la famille. Les semaines passaient. Je recevais des photos par sms   de Marjolaine et

Louise que je voyais grandir de loin. J'avais emmené mon tapis de yoga avec moi. Les jour de repos, après une virée en raquette dans les forêts du coin et une petite sieste, je m'allongeais pour une séance complète. Décontraction, série d'asanas et méditation, je rentrais dans une pratique régulière pendant que la plupart des collègues claquait leurs sous dans les pubs et les boites de nuit. Quand j'allais me promener dans les vallées en raquette, j'étais tranquille. Les skieurs restaient sur les pistes et les sentiers de randonnée étaient vides. Pas de bruit, du soleil qui se reflétait sur la neige. Tous ces détails, la dimension du paysage me remettait à ma place. Tout cela me permettait d'être en osmose avec la nature, de communiquer avec cette force invisible qui relie les choses. Le printemps approchait déjà. Les sommets émergeaient de la neige qui fondait ce qui remplissait la rivière. La saison n'avait pas été terrible au niveau enneigement. Tous ces touristes qui viennent dépenser en une semaine l'équivalent de deux mois de travail avaient-ils le droit de se plaindre ? Le travail qui leur donnait ce pouvoir d'achat tenait-il compte de l'état de santé de mère nature ?

Le saisonnier, lui, n'a pas à se soucier de la vaisselles, de la cuisine et des courses. Il y a juste le boulot et la vie à coté. Ce qui laisse largement le temps de réfléchir.

Les raisons de ma relation avec Sophie commençaient à s'éclaircir. Ce n'était pas beau. Mon égoïsme effronté m'avait fermé les yeux pour réaliser concrètement ses petits fantasmes sexuellement mesquins. Quand j'étais jeune, je m'excitais sur les magazines que jetaient les routiers. Mais j'avais aussi trouvé dans une encyclopédie une photo érotique. Cliché noir et blanc des années folles de milles neuf cents. La fille, nue, de dos, était allongée dans l'herbe. L'auteur avait joué sur les formes arrondies en accentuant le creux des hanches. C'est ce simple petit détail qui m'avait attiré chez Sophie. Un bassin bien établi que mes mains avaient découvert dans la boite de nuit pendant les slows. Bassin que mes mains avaient caressé lors de nos nuits torrides. Bassin qui me servait de point d'attache quand je rentrais dans ce corps en fièvre. La prise de conscience d'un aussi petit élément pouvait faire basculer une histoire qui durait depuis plus d'une dizaine d'année. Elle avait démarré comme ça, avec ce petit détail qui avait sournoisement éveillé mon envie. Elle s'était étoffée depuis avec tous les événements heureux que nous avions vécu. L' achat d'une maison, l'obtention d'un contrat et l'arrivée des enfants. N'empêche que, la prise de conscience du mécanisme psychologique inconscient aplatissait tout comme un gâteau qui dégonfle en sortant du four. Comment vivre objectivement l'amour quand on voit simplement d'où il vient et ce qu'il camoufle ? Comment pourrais-je encore saisir ce bassin en gardant les yeux ouverts ? Ce n'était pas la fille que j'aimais. Mon ego aimait simplement son bassin.

La saison était finie. Il y avait la possibilité de poursuivre au Club pour l'été. D'avoir une espèce de CDI en cumulant les saisons. Je refusais. La directrice de l'hôtel où j'avais fait mon stage, laissait entrevoir une embauche. Cela permettrait de bosser non loin de mes filles, de les voir grandir en directe. Le club paya le billet de retour.

Retour à la vie active de chômeur. J'avais des droits d'indemnisation mais le crédit de la maison mangeait tout ce qui traînait sur le compte en banque. Nous avions encore deux ans à traîner à la banque de France. Je téléphonais à la directrice de l'hôtel où j'avais fait le stage. Pour l'instant, pas d'embauche en vue. Simplement un renfort pour l'été qui arrivait. Je bossais à nouveau comme saisonnier avec ce petit détail de loger chez moi. Bosser six jours par semaine, sans week-end, en voyant la famille le soir, permet de voir autrement les choses. Le fait d'avoir passé six mois à l'extérieur, d'avoir eu le temps de réfléchir sur ma situation, m'avait apaisé et m'avait surtout permis d'éclairci les choses. Ma relation avec Sophie ne serait plus la même. On en parlait en allant prendre des pots au bar, le soir à table. Je ne trouvais pas de mots assez clairs pour m'expliquer où je voulais simplement cacher la vérité de mon raisonnement. Sophie voulait tentait le psy pour comprendre la situation conjugale. Je n'en avais pas besoin. Le cliché des années folles avait fait son travail mais je ne lui en parlais pas. Elle ne s'était même pas rendue compte de l'éloignement qui se creusait entre nous avant la saison. Où elle n'en avait rien dit non plus. Ça ne changerait rien. Pour moi, le couple était brisé. Le passage devant le Maire était gratuit. Belle entourloupe quand on connaissait le prix du divorce. Nous le ferions qu'en nous en aurions les moyens, quand nous serions sortis de la banque de France.

L'été passa vite, sans fioriture vu notre pouvoir d'achat et mon emploi du temps. J'avais cherché du boulot dans le coin. Un truc fixe qui me permettrait de rester prêt des filles. Mais le marché du travail étant impitoyable, je n'avais rien trouvé. Mon expérience du club était reconnue mais contrebalancée par mon age pour un CDI local. Le reste de mon cv, pourtant riche, n'intéressait personne. Je n'avais plus qu'a retourner en saison, le temps que la situation financière s'améliore et que nous puissions divorcer. Je lançais des cv partout en France. On peut au moins reconnaître un avantages à internet, c'est qu'il facilite la recherche d'emploi pour ceux qui ont la possibilité de l'avoir. Un directeur me contacta dans la foulée pour une nouvelle saison à la montagne. C'était un concurrent du club med, une chaîne hôtelière bien française cette fois. Je refaisais mes valises, embrassais les filles. Je ne reviendrais plus dans cette maison partager le quotidien de la famille, regarder grandir les enfants. J'étais devenu un escargot qui trimballait sa maison sur son dos. Le train m'emmena une fois de plus à Paris, pour une nuit chez Séverine. Nous passions au

218

restau suivi d'une soirée karaoké à boire des bières et à chanter. Nous étions deux trous duc que la vie avait laissé sur le chemin du bonheur, bercés de tendres illusions et de réelles frustrations.

Le train m'emmena à Chambéry puis Saint Michel de Maurienne. Le factotum vint me chercher à la gare dans sa voiture pourrie, paramètre qui renforce le coté aventureux de l'histoire. Nous quittions la ville, commencions à grimper. L'hôtel était perché à milles huit cents mètres d'altitude dans la station de Valmeinier. Il était beau mais paumé sur les flancs de la montagne. Les occupations en dehors des heures de boulots seraient pas légion. Premier choc, pour deux fois moins de chambre que le club, il y avait dix fois moins de personnel. Ce qui représentait quand même deux cents chambres pour trois poilus. Le directeur, pour faire son chiffre d'affaire, avait décidé de réduire drastiquement le personnel d'étage et ça le dérangeait pas de l'afficher clairement. La saison commençait mal.

Il y avait deux femmes de chambres, vieilles mais surtout inexpérimentées. L'une avait fait les croisières dans sa prime enfance passée depuis longtemps et l'autre gardait les tentes dans un campings. Pour encadrer le mini groupe, il y avait une charmante gouvernante créole. L'hôtel venait d'être racheté. Il y avait beaucoup de travail pour le déshivernage. Nous passions nos journées aux étages à nettoyer les chambres, faire les lits. Beaucoup de lavabos étaient sales, il fallait les récurer pour leur redonner leur brillant. De même pour les rideaux dont beaucoup étaient troués et qu'il fallait remplacer. Pour favoriser la cohésion, le directeur nous emmena un soir à la salle des fêtes du village. En prévision de la nouvelle saison, les villageois, qui vivaient beaucoup du tourisme, avaient organisé une petite fête pour réunir tout le monde. Après une semaine de travail ininterrompue, ça faisait du bien de rigoler avec les collègues. J'avais de l'assurance, la soirée commençait par un apéro dînatoire. Toute la petite équipe était réunie autour d'une table. Le directeur paya la première tournée dans une optique pédagogie de cohésion. La soirée avançait, tous le monde rigolait. La musique commençait. Avec les filles, nous atterrissions sur la piste de danse pendant que le factotum, le dirlo et son adjoint vidaient des bouteilles. Biguine puis slow qui rapprochent. Paty, la gouvernante, sentait bon. Elle était belle. Avant le voyage, j'avais fais un rêve prémonitoire. Je m'asseyais sur les genoux d'une fille dont je ne voyais ni la tête ni la couleur de peau. Mais au premier slow, en lui prenant les mains, je sus que c'était elle. Nous finissions la série de slow et retournions à la table pour parler avec le reste de l'équipe. La soirée passa vite. Nous retournions à l'hôtel.

La deuxième semaine s'annonçait aussi chargée que la première. Les deux femmes de chambres étaient vraiment nulles. Leur travail était bâclé et elles oubliaient des chambres derrière elles. Sans le vouloir, je devenais l'adjoint de Paty. Ça me rapprochait d'elle. Il y avait beaucoup de travail. Les offices à remplir, avec les serviettes, les draps, le pq, les lits bébé et tout le matériel d'entretien. Les journées étaient courtes. Le soir nous nous retrouvions tous dans une chambre qui avait été aménagé en cantine avec assiettes, verres, couverts et micro onde. Nous papotions longuement et resserrions les liens. Tous les repas commençaient par la lecture d'une page du livre d'une baba cool donnant une idée par jour pour vivre plus zenement.

Cette promiscuité me rapprochait encore un

peu plus de Paty. Nous commencions à faire la cuisine ensemble, la vaisselle ensemble, tout en parlant de nous. Nous avions les mêmes goûts, écoutions la même musique. Le soir, nous allions nous promener dans la station encore déserte. Elle était belle dans son manteau bleu, sa capuche bordée de fausse fourrure mettait en valeur son visage, ses dents éclatantes et son sourire lumineux, envoûtant. Mais sa beauté venait surtout de l'aura dont son corps irradiait, invisible mais perceptible. Nous nous tenions la main pour ne pas glissé sur la route couverte de gel. Au moment de se coucher on mettait du temps à se quitter. L'hôtel était vide. Nous aurions pu finaliser la relation qui se mettait en place. Mais le rapport sexuel était-il forcement la conclusion d'une relation ? Paty ne voulait pas et elle avait raison. Chacun dans nos lits, nous passions des heures sur nos portables à nous envoyer des sms alors que nos chambres étaient séparées d'un étage.

En semaine, nous descendions faire les courses au supermarché, dans la vallée. Toute l'équipe se retrouvée coincée dans la vieille Renault du factotum. J'étais assis à coté de Paty. Dans le noir, nos corps se touchaient. La

chaleur de l'autre nous envahissait. Je réfléchissais pourquoi, dans mon rêve, elle n'avait
pas de tête ? Plus la semaine avançait et plus
nos corps vibraient à la même fréquence. La
nuit, quand l'un de nous se réveillait, l'autre
s'éveillait aussi. Paty prenait un médicament
pour ne pas avoir de règle. Je ne sais pas si
c'est la force de notre relation, de mon désir
pour elle mais l'effet du médicament fût an-
nulé. Elle en eut la mauvaise surprise un soir.

Le week-end arriva. Nous nous arrangions
pour nous retrouver seuls dans la cantine.
Aucune autre envie que d'être simplement
ensemble. La saison n'était pas encore
commencée que nous parlions déjà de l'avenir.
Paty se leva, alla à la fenêtre. Elle regarda
dehors avec un petit air de nostalgie. Elle était
terriblement belle, attirante. Son bras était posé
sur le mur, le regard perdu au loin. Pose digne
qu'un peintre aurait demandé à son égérie. Il
s'en dégageait une énergie d'une intensité
incroyable . Je me levais, la rejoignis à la
fenêtre. L'envie me passa par la tête de
l'enlacer, de mélanger nos chaleur et peut-être
nos corps. Ce fût l'unique chance de la prendre
par la taille et de l'embrasser. Cette image
restera gravée dans mon esprit pour le restant

de mes jours. Comme un abruti, je ne fis rien. On retourna s'asseoir. Nous continuions de parler quand le factotum rentra dans la pièce. Le charme était rompu.

A cause de lacunes dans mon éducation ou de troubles plus ou moins conscients qui m'avaient rendu timide, j'avais fermé mon cœur à l'école, enfoui sous une carapace de protection. Au lycée, en fin de parcours, elle s'était un peu fissurée mais la formation de Saint Maixent avait colmaté les trous, renforcé l'armure pour tenir le rythme. Il avait fallu attendre le stage bio pour m'ouvrir à nouveau aux autres, connaître le bonheur d'une relation vraiment humaine. Le cancer avait brouillé les pistes par un dérèglement hormonal puis par la trépanation qui m'avait donné une sale tronche. Il avait fallu attendre toutes ses années pour croire à nouveau à la voie du cœur. Mon esprit analytique était en bataille. Il y avait Paty, femme de mes rêves mais il y avait aussi les conditions de travail très désagréables qui s'annonçaient, de la surexploitation en vue.

Du nouveau personnel arrivait. Animation, cuisine, mais personne pour les étages. Paty, pour je ne sais quelle raison, reculait. Plus il y avait de monde et plus notre relation platonique s'effritait. Est-ce pour cela que je l'avais vu sans tête dans mes rêves ? Le directeur nomma une de ses copines adjointe à la gouvernante. Simplement parce qu'elle s'était occupé de son frère, malade, jusqu'à sa mort. Elle prenait la place qui aurait dut être mienne. Elle n'y connaissait rien. Elle se trimballait entre les étages avec son étole en prenant grand soin de ne pas se salir les mains. Mes relations avec Paty s'en trouvaient affectées. Comment pouvions passer d'une si grande harmonie vibratoire à un simple compromis comme ça ?

Du jour au lendemain, Paty mangeait avec sa nouvelle copine me relayant en bout de table. Le week-end, je chaussais les raquettes pour monter sur le sommet d'en face. Passer les deux milles mètres d'altitude, il y avait de la neige. La montée était dure mais se dépenser comme ça permettait de se vider l'esprit. Prendre de la hauteur permettait aussi de prendre du recul. Comment faire pour la suite ? Je pouvais rester et tenter de reconquérir Paty ou bien tout jeter à l'eau. L'histoire de ma vie s'était souvent résumé à ce choix. A l'école, à l'armée, à Rennes, j'avais souvent choisi la voie la plus facile. Comme le poisson dans la rivière qui laisse le courant porter son corps avec un minimum d'effort. La troisième semaine donnait le goût de la saison. Les trois femmes de chambres dont je faisais partie se levaient à tour de rôle à six heure du mat pour laver le hall de l'hôtel. Ça donnait un aperçu de ce qui nous attendait. Au club med, il y avait les communs. Ceux qui faisaient le ménage des parties communes. C'est eux qui se levaient à six heure mais après, ils étaient peinards. Là, à Valmeinier, nous nous retrouvions dix fois moins nombreux à tout faire avec des amplitudes horaires effroyables. J'essayais dans parler à Paty mais elle était devenue une porte close.

Encore un avantage d'internet, je pouvais consulter les offres d'emploi à distance. La décision était prise, je quittais l'hôtel. Avec ma petite expérience. Je trouvais facilement un autre poste, sur un autre versant des Alpes. Je tentais une dernière fois de parler à Paty, sans succès. Je remis ma lettre de démission le soir.

A deux heures du mat, je sortais discrètement de ma chambre pour descendre prendre le train à la ville. Je n'avais aucune idée du temps que je mettrais à descendre à pied. Je ne voulais pas prendre de risque. La valise à roulette était pratique vu le poids. La route descendait, la lune éclairant faiblement la forêt. Heureusement, il n'avait pas encore neigé. Seule le roulement des petites roues perçait le silence de la nuit d'un bruit régulier.

Après trois heures de marche. Je débouchais enfin dans les champs, signe que la ville approchait. Je reconnaissais les ponts qui traversaient les rivières. Nous les avions pris tous ensemble pour aller faire les courses dans la vieille voiture. Instants de bonheur éphémères déjà loin derrière. Il était trop tôt pour le train. Je trouvais un carré de feuilles mortes sous les arbres. Comme en Écosse, je les amassais pour avoir un gros matelas qui me protégerait du froid pas trop dur pour le mois de novembre pensais-je. Je mettais un max de vêtements sur moi et m'allongeais sur le tas. Trois heures de marche, c'est épuisant. Je m'endormis aussitôt. Le soleil n'étais pas encore levé quand le froid me réveilla. Je regardais ma montre. Il était six heure du mat, j'avais encore deux heures devant moi. Je tentais de me réchauffer mais rien à faire. Je remis les fringues dans la valise et marcha jusqu'au premier village. Ce petit exercice rehaussa légèrement ma température corporelle mais à peine arrêté je ressentais le froid envahir mes jambes et mes bras à nouveau. Les deux heures qui suivirent furent très longues. A sept heure, les portes de la gare furent ouvertes. Je pris un café chaud, dépensa mes dernière pièces dans le distributeur. Le guichet ouvert, je prenais un ticket pour Cluses.

Jusqu'à maintenant, j'avais appris le coté physique des choses, les répercussions du matériel sur le matériel. Mais avec cette très courte histoire d'amour, je passais sur la force des sentiments, la puissance du cœur. Je quittais la ville en regardant le sommet de la montagne où Paty s'éveillait dans l'hôtel que j'avais abandonné. La reverrais-je un jour pour conclure ailleurs que dans un lit ou bien l'amour avait-il sa place secrète quelque part dans le cœur où il pouvait se développer loin des impératifs physiques ?

Le voyage fût court, ce qui ne m'empêcha pas de dormir. A la gare d'arrivée, j'attendis le cuistot du nouvel hôtel où j'allais bosser. Dans la station de Flaine cette fois-ci. Je ne savais pas qu'ils avaient importé les HLMs dans les montagnes. C'était une vieille station qui avait connue son heure de gloire dans les années quatre vingt. Tous les hôtels ressemblaient à des barres de béton, sans peinture ni fioriture. Tous regroupés, empilés les uns sur les autres avec une galerie marchande en sous sol qui côtoyait le parking couvert.

L'hôtel venait d'être racheté. Tout était à refaire. Les ouvriers étaient à la bourre. Encore un concurrent du club qui voulait réduire les frais en réduisant la main d'œuvre dans les étages. C'est dingue, un hôtel est quand même fait pour dormir mais ceux qui s'occupent des chambres passent en dernier dans la hiérarchie de l'importance. On en parle que qu'on il y a des problèmes avec les clients sinon nous restons dans l'ombre de la réception et de la cuisine.

L'équipe était pas énorme. Que des filles jeunes, jolies cette fois mais surtout inexpérimentées. Étais-je le seul con avec de l'expérience qui venait bosser pour ces usines à fric tout en le sachant ?

Nous passions nos journées dans les chambres à tenter d'effacer les traces des chantiers qui n'étaient pas encore finis. La gouvernante était cruche. Elle donnait des instructions contradictoires qui nous faisaient perdre un temps précieux.

La première semaine passa vite. Je profitais de mon premier jour off pour chausser les raquettes. Les possibilités de randonnées dans le coin étaient très limitées. Elles le seraient encore plus une fois la saison ouverte et les chemins transformés en piste de ski.

Une mauvaise ambiance s'installait dans l'équipe dès le début. Des disputes régulières survenaient et la saison n'était même pas encore commencée. Le samedi matin, l'hôtel était loin d'être prêt pour l'arrivée des premiers clients. Nous bossions non stop jusqu'à dix huit heures quand les premières valises donnèrent le signal du retrait.

La deuxième semaine révéla les failles du système. Les mêmes problèmes qu'à Valmeinier crées par le manque d'effectif. Le samedi suivant pour refaire l'hôtel en entier, à blanc, la direction embaucha des intérimaires. Ils ne connaissaient pas le métier et le résultat était catastrophique. Je ne mis pas longtemps à chercher un autre hôtel. Cette fois, je posais les bonnes questions au téléphone avant de me déplacer. Nouvelle lettre de démission, nouveau trajet pour atterrir à Morzine. La station semblait correcte. Les vieux chalets en bois côtoyaient les magasins de tous styles, les bars et les restau. Noël arrivait. La ville était décorée de guirlandes électriques aux milles couleurs, de bons hommes de neiges en plastique et de sapins accrochés aux lampadaires. L'hôtel se trouvait sur les hauteurs. Il fallait prendre le téléphérique pour y arriver. Moins de chambre avec autant de personnel. Cette fois, ça le faisait. La saison avait déjà commencé. La moitié de la clientèle était anglaise. C'était sympa, ça me permettait de pratiquer l'anglais appris l'année d'avant au club. Il y avait le matériel, les locaux nécessaires et le boulot se passait bien. Le matin, avant d'attaquer les chambres, j'allais prendre le petit déj dans le restaurant. Une partie y était réservée pour le personnel. On se retrouvait toutes spécialités confondues à parler des uns des autres, à prévoir des soirées dans les pubs de la ville. Comme au club, le personnelle des étages était logé dehors, en pleine ville. On avait un passe permanent pour le téléphérique qu'on prenait le matin et le soir.

C'est là que je rencontrais Anaïs. Je remontais à l'hôtel pour le repas du soir. Les cabines avaient une capacité de six places. Nous étions avec des anglais. Elle commença à me parler. Je répondais poli. Au fil de la conversation j'appris qu'elle bossait aussi à l'hôtel, à la réception. Emmitouflée dans son manteau, avec ses gants, son bonnet et son écharpe, je ne l'avais pas reconnu. Jolie fille beaucoup plus jeune que moi avec une conversation passionnante. C'était la première année qu'elle faisait ça. Son histoire personnelle l'avait poussé elle aussi sur la route. Avec le recul, je crois bien que c'est une des particularité de ceux qui font les saisons. Un problème dans la vie perso qui empêche de s'attacher au rêve d'une vie tranquille.

La télécabine, la poubelle comme on l'appelait entre nous, arrivait en haut des pistes. Nous marchions dans la neige fraîche qui était tombée la veille. Nos bottes faisaient le bruit caractéristique de tassement. Nous nous séparions à l'accueil. J'allais manger avec les collègues et redescendais en ville pour dormir. Le lendemain, en montant prendre le petit déjeuner, je retrouvais Anaïs derrière la réception. Cette fois, elle était en uniforme. Un petit tailleur jupe qui la faisait ressembler à une hôtesse de l'air. Les cheveux attachés en chignon, un foulard noué autour du cou. Une petite blague au passage avant d'entrer dans le

232

restaurant. La journée fût sympa, facile. Au moment de redescendre, Anaïs était à l'entrée ré-emitouflée dans sa parka. Elle descendait manger en ville avec ses collègues. Elle me proposa de les accompagner. Pourquoi pas, je pris son téléphone pour les rejoindre après la douche. Je me retrouvais à batifoler comme un petit fou depuis que j'étais célibataire mais, mes problèmes financiers étaient loin d'être résolus. Bien que séparé, ma paye atterrissait toujours sur le compte bancaire familial. Je n'avais pas eu le temps d'en créer un nouveau. Le passage au distributeur me le rappela brutalement. Compte vide, pas d'argent. Après la douche, je téléphonais à Anaïs. Elle et ses copines prenaient un verre dans un pub avant le restau. J'avais heureusement de quoi m'offrir un pot. Je les rejoignais. Elles étaient toutes au fond du pub, assissent autour d'une table dans la pénombre. Anaïs me présenta à toutes ses amies qui rigolaient comme des petites folles.

La conversation continua. Cela faisait longtemps que je n'avais pas vécu cela. Les plaisirs simples d'une vie de groupe. L'heure passa vite. On paya l'addition. Les filles prirent le chemin du restau. Je trouvais une excuse bidon pour ne pas les accompagner. Je retournais avec mes deux collègues du sexe opposé. Nous partagions un gîte à trois. Les filles avaient les chambres et je squattais la banquette du salon transformée en lit. Nous avions vraiment un très bon esprit d'équipe. Nous partagions tout. Tous connaissais la vie des autres, leurs problèmes, leurs bonheurs. Nous avions une totale confiance les uns envers les autres. Ça aussi, y'a que dans les saisons que j'avais connu ce besoin de rapprochement pour palier à la vie de famille classique qui manquait, imposé par la courte durée des relations le temps du contrat. Les fêtes de fin d'année étaient passées. Du réajustement avait eu lieu dans les équipes. Les plus bancales avaient été remplacés par des gens compétents. On était tous rodés, autonomes. On tenait bien la boutique et le patron était satisfait. Je voyais souvent Anaïs. On descendait en ville, prendre un pot, discuter, marcher le long de la rivière qui coulait dans la vallée, coupant la ville en deux. Cette fille disait avoir un QI de cent trente. Sa conversation laissait supposait que c'était vrai. Je ne sais plus comment mais, en parlant, nous avions abouti à un possible accouplement. J'étais un peu gêné. Elle était beaucoup plus jeune que moi.

Et surtout, il y a un mois, j'avais connu l'amour avec Paty. Même s'il était resté platonique, il s'était passé un tas de choses qui indiquait un lien. Ici, la relation n'était pas du tout de la même nature. Cela me turlupinait beaucoup. Il était loin le temps des play boys. Mon histoire conjugale m'avait appris sur quoi pouvaient reposer les sentiments. Pouvait-on coucher sur une simple envie de cul ou un minimum de sentiment était-il nécessaire ?

Cette question, je me l'étais déjà posé du temps du stage bio avec les trois Maries. J'avais connu l'armée avec les filles faciles. J'avais eu ma période de recherche ésotérique avec abstinence suivi de ma relation avec Séverine la bretonne. Suivi du stage bio avec à nouveau cette approche philosophique où la place des sentiments était importante dans une relation. J'avais rencontré Cécile avec l'énergie de la jeunesse. Puis ma vie de famille avait pris le relais avec les dernières conclusions sur ce qui m'avait attirait chez Sophie. Tout cela revenait comme un cercle, une spirale qui emmène plus haut ou peut faire chuter.

Comme Jean, mon ancien maître druide qui avait mis l'œuvre de sa vie en l'air pour toucher les seins d'une parisienne. J'étais à

235

nouveau devant cette question cruciale que le docteur Emmett Brown avait bien souligné comme l'un des deux mystères de l'univers, dans retour vers le futur.

J'avais parlé de ma pratique du yoga à Anaïs. Cela l'intéressait beaucoup. Sans arrière pensée, je lui avait proposé un cours privé. Un jour, que nous avions tous les deux notre jour off ensemble, elle me proposa de descendre pour la leçon. Les coloc travaillaient, nous avions trois heures devant nous. J'acceptais. Anaïs rentra dans l'appart, posa son manteau sur le dossier d'une chaise. Pour la séance, elle avait enfilé un survêtement mais rien ne justifiait son maquillage. Nous nous asseyons sur le canapé pour parler des grands principes du yoga et du pranayama, la magie du souffle. La conversation tourna fatalement sur le rapport sexuel. Le dilemme ne dura pas longtemps. Tremblotant comme un gamin encore puceau, je m'approchais de son visage et posais un baiser sur sa bouche chaude.

Il y avait longtemps que je n'avais plus connu cela. Cette fièvre qui vous envahie, incontrôlable, vertigineuse. Les vêtements tombèrent un par un, laissant apparaître son corps de déesse, ses seins ronds, blancs, pointus, son parfum, son pubis délicatement rasé. Je caressais son corps, plaisir que je n'aurais peut-être plus jamais.

Le mien, en moins bon état ne semblait pas l'émouvoir autant. L'armure de muscle acquisse avec l'entraînement militaire avait laissé place à un corps mou. Je n'avais pas de gros ventre. Mon squelette bien développé pouvait laisser croire à un corps de rêve mais une fois nu, la vérité de l'age apparaissait. Mes muscles abdominaux abandonnés au bon vouloir du temps laissaient un ventre flasque faire son apparition. Les traitements hormonaux pris depuis depuis plus de vingt ans, pour contre balancer le déficit de testostérone, avaient permis à mes poils de trouver un renfort inattendu. Mes bras, mon torse et mon dos donnaient plus du singe que de l'homo erectus. Et coté érection, justement, je pouvais faire mieux. Que peut un homme de cinquante ans dans les bras d'une fille de même pas quarante ? Mon petit ego était flatté mais ce n'était pas mon gras du ventre qui allait l'envoyer au septième ciel. Anaïs méritait mieux que moi. Elle allait pas devenir le nouveau corps où je projetterais mes phantas-mes comme celui de l'encyclopédie, comme celui de Sophie ?

Le coït fût bref. Elle se rhabilla rapidement. Trouva quelques excuses bidon pour ne pas faire la séance de yoga. Elle remonta dans sa chambre, à l'hôtel. Aucun message pour la soirée.

Les filles descendirent du boulot. Je ne disais rien de ce qui s'était passé l'après-midi. La vie reprenait son cour comme si de rien n'était. Le lendemain, en allant travailler, je croisais Anaïs à la réception. Elle souriait, professionnellement. Nous étions entourés de monde, impossible de parler tranquillement. J'allais petit déjeuner puis montais aux étages commencer le travail. Dans la matinée, je reçu un texto ambigu d'Anaïs. Elle avait le don, avec son intellect surdéveloppé de cent trente, de tourner les phrases pour leur donner plusieurs sens. A moi de choisir celui que je croyais le bon et ainsi de dévoiler ma pensée. En bref, nous n'étions plus ensemble et même, nous ne l'avions jamais été.

Je continuais mon boulot, la tête ailleurs. A midi je mangeais à coté d'Anaïs comme si rien ne c'était passé. Je finissais ma journée et redescendais.

Maggie, une des coloc, était en jour off le

lendemain. Elle voulait faire un tour au pub. Je l'accompagnais. Comme toujours, après la fermeture du pub, nous nous retrouvions dans la boite de nuit la plus nulle de la ville. Elle avait juste pour avantage d'être la plus proche de l'appart. Je lui touchais un mot de mon histoire. J'avais une totale confiance en elle, nos secrets ne franchissaient pas les portes de l'appart. Elle fût surprise mais ne me donna pas de solution miracle. Elle aussi avait des problèmes de couple ce qui expliquait sa consommation excessive d'alcool. Le réveil du matin fût compliqué après cette soirée. Je me retrouvais à marcher vers la poubelle avec Pô, l'autre colocataire en qui j'avais la même confiance.

Ce coté humain était important. Je ne me souviens pas en avoir partager autant avec mes anciens collègues avec qui j'avais pourtant passais près de dix ans de ma vie.

Nous traversions la ville, montions dans la télécabine. Pauline avait elle aussi des problèmes mais ça ne nous empêchait de parler librement. Petit déjeuné puis boulot.

Anaïs commençait à dix heure, je ne la voyais pas à l'accueil. La journée passa vite. Nous étions la veille d'un départ. Le lendemain, l'hôtel se viderait et il allait falloir tout refaire avant l'arrivée des nouveaux vacanciers. Certain nous donnèrent des pourboires, partant tôt le matin. Nous préparions les offices à chaque étage, petites pièces où s'entassaient les draps et serviettes propres, les produits d'accueil. La fin de journée se passa à nettoyer la salle de spectacle. Petit regard à l'accueil en passant la porte. Je crus déceler un regard complice dans les yeux d'Anaïs. Le soir, mon portable vibra dans la poche de mon manteau. J'avais laissé de coté mes opinions philosophique en acceptant celui de Sophie, mais il n'était pas pour autant greffé sur la paume de ma main comme pour certain. Je m'attendais à un message d'Anaïs aussi je fus surpris d 'avoir des nouvelles de Paty. Elle m'expliquait que j'avais eu raison quant à la suite des événements. Les collègues étaient nulles à chier. Elle se retrouvait à rattraper leurs conneries à longueur de journée avec un surbooking incroyable. Son adjointe était tellement nulle que le directeur l'avait rétrogradé au poste de femme de chambre. Elle n'en foutait pas une. Paty avait besoin de réconfort. Nous parlions par sms interposés pendant deux heures. Nous nous quittions en se promettant de garder le contact.

Tout cela n'arrangeait pas ma situation. J'avais cédé à la tentation de la chair mais cette conversation avait ranimé la valeur du sentiment. Cette fameuse spirale prenait un tour supplémentaire, j'avais la nuit pour y réfléchir. Le lendemain fût presque classique. Trajet vers la poubelle à rigoler avec les copines, petits déj et boulot. A midi, nous descendions des étages pour manger. On avait une demi-heure pour le repas. Le hasard ou je ne sais quoi fit que je me retrouvais seul à manger en face d'Anaïs. Nous parlions calmement comme si rien ne s'était passé. Elle m'expliqua qu'elle voulait me revoir pour parler, pour mettre les choses à plat. Je n'avais pas beaucoup de temps, il fallait refaire toutes les chambres. Nous nous fixions rendez-vous le soir même après le boulot. La journée finie, nous nous retrouvions sur une terrasse à prendre un verre de vin millésimé. C'était une des facettes d'Anaïs d'avoir des goûts autres que ce de la classe ouvrière. Ça augmentait son charme. Le bar avait aménageait une cheminée à l'extérieur. Si bien que même sur la terrasse entourés de neige, nous étions en pull devant le feu qui crépitait. Elle tenait sa roulée d'une main, l'autre posée sur les genoux avec ses mitaines. Son chignon défait mettait en valeur la finesse, la couleur de ses cheveux auburn. Le feu diminuant, nous décidions de poursuivre la conversation sur le petite terrasse de l'appartement.

Anaïs, avec son qi sur développé et ses grands airs, avait eu au début de la saison une image de femme rigide. Elle restait un peu à l'écart du reste de l'équipe, plus populaire, plus ouvrière. Avec le temps, son image s'était adoucie. La proximité qu'impose le statut de saisonnier avait permis de réajuster les jugements de chacun. Maintenant elle faisait réellement partie du groupe, de la meute.

Les colocs ne furent pas surprises de nous voir débarquer. Je leur expliquais brièvement que nous souhaitions discuter tranquille sur la terrasse, espérant qu'elles nous laisseraient tranquille. Je sortais deux bouteilles de bières du frigo cette fois. La dure journée du départ/arrivée était compensée par les pourboires mais aussi par ce que les clients laissaient derrière eux. Souvent, en fin de journée, l'équipe ménage redescendait avec des sacs remplies de shampoings, biscuits apéritifs et cannettes de bières laissés là. Les deux que j'amenais venaient de la chambre trois cents douze. Les clients anglais, gros buveurs de bière, avaient eu les yeux plus gros que le ventre. Ils avaient pratiquement laissé un pack de trente cannettes dans leur chambre. God save the queen. Nous trinquions avec Anaïs et reprenions la conversation.

Je n'étais pas vraiment pour une reprise de notre pseudo relation. Je lui expliquais que je me sentais ridicule aux bras d'une fille de sa qualité. Elle avait tout pour être heureuse. Elle cogitait autant que moi. Ses réflexions l'emmenaient vers une autre conclusion. Elle voulait tentait une reprise. Nous nous séparions après un baiser fougueux.

La vie continuait, comme toujours. Les jours passaient. Anaïs ne voulait pas afficher notre relation en public, je le comprenais. Mais des bruits commençaient à courir dans l'hôtel. Elle m'en fit la remarque, offusquée. Je ne sais pas qui avait transmis l'info. J'avais une entière confiance en mes colocs. Après enquête, c'était de simples rumeurs, rien de bien plus précis. Ce qui n'avait pas empêchait les collègues d'Anaïs de broder sur notre éventuelle relation, gonflant la tension qui naissait déjà entre nous. Autant au début de notre aventure je maintenais son niveau élevé de discussion pour la séduire autant maintenant je commençais à peiner. Devant tous ces problèmes potentiels qui arrivaient, je n'avais plus envie de jouer. Je quittais une bonne fois pour toute Anaïs. Ce qui me valut une belle tartine par sms qui clôturait définitivement notre histoire tourmentée.

En parallèle, j'avais repris le dialogue avec Paty, nous n'étions plus ensemble, nous ne l'avions jamais vraiment été mais le lien existait toujours. Nous échangions régulièrement des messages. Les femmes de ménage sous ses ordres en foutaient de moins en moins. Elle se retrouvait avec une surcharge de travail considérable. Malgré ses revendications au patron, celui-ci fermait les yeux. Il exigeait simplement que la boutique tourne par n'importe quel moyen. Elle était épuisée.

Si j'étais resté, aurais-je pu lui apporter une aide quelconque? Nous nous serions retrouvés à deux pour entretenir cent soixante chambres. Chose impensable, irréalisable mais que le patron insidieusement exigeait. Là, le bon code du travail, protecteur de la veuve et l'orphelin restait muet. En attendant, je n'avais que des mots de réconforts pour la soutenir.

La fin de la saison approchait. Je profitais du wifi de la bibliothèque municipale pour lancer les cv de la saison estivale. Avec Paty nous avions ressorti la potentielle idée de bosser cote à cote pour nous retrouver. Elle voulait le sud, c'était pas trop ma tasse de thé. Je n'aimais pas transpirer comme un sauvage sous un soleil de plomb. Je cherchais tout de même dans la PACA, pour elle, mais aussi dans ma bonne vieille chère Bretagne. Deux patrons se manifestèrent, diamétralement opposés sur la France. Encore un choix à faire, un dilemme. Le poisson peut pas nager peinard dans l'eau ? Malheureusement pour Paty, le sudiste passait son temps à poser des questions tandis que la bretonne me téléphona directement pour un entretien. Je recevais par mail un contrat. Je l'imprimais discrètement à l'accueil de l'hôtel et le renvoyais signé.

Le problème dans le cumul des saisons, c'est que souvent celle d'hiver empiète sur celle d'été. N'ayant plus d'attache amoureuse ni d'autre solution, je remettais une fois de plus ma démission. Ça devenait dangereux. Dans le code du travail, les démissions sans raisons précises pouvaient amener l'employeur à réclamer le remboursement des mois non fait.

Jusqu'à maintenant, cette mesure n'était pas appliquée. Mais le président pourtant socialiste, avait souligné le fait pour réduire le nombre de chômeurs par intimidation. L'hôtel bossait en partenariat avec une grosse chaîne. Ma démission passa inaperçu. Je quittais les colocs après un resto. Nous échangions nos numéros pour garder le contact.

Une fois de plus, cette saison fût bien instructive. Elle me révélait l'importance de la dimension humaine dans la relation sociale. L'implication des sentiments dans les choix amoureux.

Je remontais dans le bus pour Aix les bains puis Paris.

Marie Galante

J'atterrissais chez Séverine. Pour y passer la nuit. Nous sortions dans les rues de Paris sur les vélos gratos en cherchant un bar où faire la fête. On avait beaucoup de choses à se raconter. Le lendemain, après un petit déj tranquille, je prenais le train pour le Havre. J'avais même pas une toute petite semaine avant d'atterrir à Belle Île où je passerais la saison été. J'avais convenu avec Sophie de squatter chez elle pour voir les filles.

Malgré le fait que je participais toujours au crédit de la maison, le temps de sortir de la banque de France, ce n'était plus chez moi. Ça se voyait qu'il manquait un homme. J'avais prévenu Sophie qu'elle devrait faire pas mal de travaux pour l'entretien extérieur. Le champ des biquettes commençait à être envahi par les orties, les sapins prenaient de la hauteur, menaçant la ligne téléphonique du voisin. Elle me baratina qu'elle avait les moyens de se payer les services d'un particulier pour y remédier mais à voir les choses, concretement je n'y croyais pas trop. Le matin, je m'occupais du p'tit déj des filles, je les emmenais à l'école. Je profitais qu'il n'y avait personne pour m'occuper du champ puis des sapins. Tout mon outillage traînait encore dans le garage, vestige de ma vie de couple périmée. Le midi, repas en famille. Je prenais des nouvelles des filles. Je leur donner des explications sur la séparation et surtout, malgré tous ces problèmes, je leur faisais savoir qu'elles restaient ma joie de vivre. Les quatre jours passèrent vite. Je dépensais mes dernières économies dans l'achat de fringues et de ticket de train. J'en profitais pour ouvrir un compte dans une autre banque grâce à l'argent que me prêtèrent les parents. Je clôturais ma participation au compte commun. La banquière me fit signer un papier comme quoi j'étais toujours responsable du dossier qui traînait à la banque de France. Il y avait encore un an à attendre avant de pouvoir le solder et planifier du même coût la situation conjugale comme nous l'avaient expliqué les avocats.

Justement, la justice, après un an s'exprima enfin sur mon licenciement. Le tribunal d'appel avait reconnu un licenciement abusif. Il avait rétrogradé la faute. Super, mon bon droit était reconnu. Par contre, coté finance, c'était pas le top. Là où j'attendais des milles et des cents qui me permettraient de rembourser mes dettes, le bon code du travail s'étendait pas plus que ça. Il imposait simplement le paiement des congés payés que j'avais déjà touché pour faire appel. Mon cher conseiller prud'homal avait oublié une chose essentielle. J'aurais dut faire un certificat médical diagnostiquant un choc émotionnel. Cela aurait entraîné une bonne amende pour mon ex-employeur qui aurait servi pour les dettes. Au lieu de cela, pas de problème psychologique suite au licenciement abusif donc pas de sous pour réparer la faute non commise.

Les juges devraient faire des stages pour se retrouver dans le même genre de situation. Ils comprendraient alors qu'il n'y a besoin d'aucun certificat pour justifié le mal-être que provoque la mise à la rue abussive.

Retour au point de départ. Je restais sur la paille avec des dettes qui plombaient mon futur. La justice avait attendu plus de deux ans pour me pondre une telle connerie. J'espérais que les changements que prévoyait le président dans le monde de la justice allaient bien les faire chier. Pourquoi y'aurait que le petit peuple qui se laisserais marcher dessus sans rien pouvoir dire.

Après avoir emmené les filles à l'école, je

remontais dans le train.

Paris, Rennes et Quiberon puis le bateau pour voguer vers Belle Île comme dans la chanson de Laurent Voulzy. Quarante minutes pour traverser la mer turquoise. Le soleil brillait, se reflétant sur les milliers de petites vaguelettes qui courraient sur la mer. L'île apparue à l'horizon. La fortification de Palais, la plus grosse ville de l'île, était impressionnante. Entreprise par Henry II puis consolidée par Vauban, elle dominait la mer en surveillant l'entrée du port. Le bateau se gara prés des quais, une passerelle fut jetée. Les passagers commencèrent à sortir. En attendant que la foule se disperse, je regardais par les hublots si je voyais ma nouvelle patronne sur le port. Elle m'attendait là, prés de sa petite Citroën. Je me dirigeais vers elle et la salua. Elle m'ouvrit le coffre. J'y mis ma valise. Puis nous montions dans la voiture pour rejoindre l'hôtel qui était dans un autre village. Palais était une petite ville sympa, pleine de commerce, de maison de granit peintes en blanc. Nous passions une écluse et atterrissions directement dans les champs. Belle Île était une fréquentation touristique très prisée. Cinq milles habitants l'hiver, cinquante milles l'été. Dans les années quatre vingt, un raz de marée avait déferlé sur le rocher. Composé de particuliers qui venaient acheter des terrains pour construire une résidence secondaire. Elle ne servirait qu'un mois dans l'année. Les élus locaux, bretons dans l'âme, avaient voulu protéger leur cailloux. Ils avaient réussi à endiguer la vague.

Une législation avait été mise en place pour bien contrôler les permis de construire et ainsi préserver ce coté sauvage. Les pâturages alternaient avec les sous bois de pins. Les vaches broutaient tranquille voisinant avec des chevaux et des moutons. L'hôtel était indiqué. Nous descendions une petite pente qui menait au parking. Après une visite sommaire, la directrice m'indiqua un bâtiment à l'écart où logeait le personnel. Une chambre avait été préparée pour moi. Rendez-vous à dix huit heures pour le repas. J'avais le reste de la journée pour m'installer tranquille. Le boulot commencerait demain.

L'installation fût rapide. Je mettais mes chaussettes, tee shirts et slips dans l'armoire, ma trousse de toilette dans la salle de bain. Je fis le lit rapidos et sorti avec mon sac sur le dos, trop pressé de découvrir le nouvel endroit où j'allais passais six mois.

L'hôtel était en bord de mer. Paysage magnifique avec la cote qui se découpait sur l'horizon. A gauche le GR s'enfonçait dans les fougères pour ressortir sur la petite falaise ocre qui longeait la mer. A droite, une ruelle s'enfonçait vers l'embarcadère qui gardait l'estuaire où se logeait le village de Sauzon. Je décidais de voir les maisons pour l'instant. La route descendait doucement. Ce qui permettait, au fur et à mesure de l'avancée, de découvrir le village blotti sur les bords de l'aber. Il y avait des maisons de toutes les couleurs. Des magasins fermés en ce début de saison. La marée était base, beaucoup de petits bateaux étaient couché sur le flan. Je ne savais pas si c'était le début de saison en avril ou le côté insulaire mais il n'y avait pas de bruit. Aucune voiture ne tournait dans le village. Le calme qui s'en dégageait donnait une sensation de paix, de tranquillité reposante, rassurante. Je traversais les lieux, croisais quelques locaux en les saluant. Ils étaient tous radieux. La vie à la campagne, sans stresse, protège des agressions du temps bien mieux qu'une crème anti age enrichie de nano particules.

Je retournais à l'hôtel, pris une douche. Une

petite sieste avant le repas. Il fallait traverser le parking pour gagner l'hôtel et la salle à manger. Il n'y avait pas beaucoup de monde à table. C'était pas plus mal car ça permettait de discuter calmement pour faire connaissance. Momo le cuisinier avait une voiture. Il proposa à ceux qui le voulaient d'aller prendre un verre après le repas. Pour l'instant, il fallait aller sur Palais pour trouver quelque chose d'ouvert. Il connaissait bien l'île pour y avoir travaillé l'année précédente. Nous nous retrouvions à cinq au village. C'était un début de saison classique. Les choses se mettaient en place doucement. Nous ne traînions pas trop longtemps, le boulot commençais le lendemain.

Le réveil fût tranquille. Ici, il n'y avait pas moyen de prendre le petit déj dans le restau. Il fallait que l'on se débrouille nous même. Momo avait laissé du pain la veille dans la pièce qui servait de cuisine pour le personnel. Un bout de croûton un peu sec et c'était partie. Je traversais le parking direction la réception où la directrice nous attendait. Elle nous présenta notre gouvernante. Anne, qui sortait de l'école, toute jeune et toute gracile. Nous étions quatre à nous répartir le boulot du déshivernage. Les chambres s'étendaient sur deux bâtiments. L'un était encore en travaux de rénovation. Il serait bloqué la première semaine. Vu le petit nombre de réservations ça ne générait pas trop. Nous avions tout le reste à nettoyer. L'avantage du déshivernage, c'est qu'il permet de découvrir tranquillement l'hôtel, de bien le connaître avant l'arrivée des premiers clients. Premier constat un seul office pour deux étages, ça laissait supposer qu'il y aurait du sport pour le linge propre et sale. En plus, le constructeur avait épousé les formes du terrain pour se fondre dans le paysage. C'était beau mais coté fonctionnel, avec des marches dans les couloirs, ça empêchait d'avoir notre petit chariot pour trimballer tout notre bazar pour le ménage. Sinon, à part ça les chambres étaient classiques, propres sans trop de travail à faire pour le début de saison prévu dans une semaine. Nous nous répartissions le travail par étage, par binôme. C'était bien pour faire connaissance avec les filles avec qui j'allais passer la saison. Héloïse était une professionnelle. Elle revenait d'Australie où elle avait bossé un an. Nous tournions relativement vite dans les chambres, connaissant bien le boulot. Il y avait aussi

Carmen la roumaine. Elle ne parlait pas beaucoup mais je crois que c'était surtout le peu de maîtrise de la langue française qui l'empêchait de s'exprimer. Elle aussi connaissait le boulot. Ça changeait des filles que j'avais croisé pendant les saisons précédentes et qui ne savaient pas se servir de leurs mains. Le bâtiment fût fait en un temps record. Ce qui permis à la directrice d'avancer notre jour off afin de nous avoir tous sous la main pour l'ouverture. Ce jour là, je prenais le chemin de gauche pour aller voir la cote.

Au mois d'avril, les genets étaient en fleur, inondant le paysage de mille nuances de jaune. Avec le soleil, les couleurs naturelles des fougères, des pins, du sables des plage étaient amplifiées. On était vraiment plongé au cœur de la nature. Nous étions au tout début du mois d'avril. Il faisait beau. J'étais en short . Je n'avais pas prévu de me baigner. Mais au vue des toutes ces couleurs, je sentais une osmose naître avec l'environnement. Je fis demi-tour pour   aller chercher mon maillot et ma serviette dans la chambre. Les plages étaient désertes. Je descendais sur le sable blanc, brillant du mica qu'éclairait le soleil. Je tombais le tee shirt et m'approchais de l'eau.

Les doigts de pieds supportaient la température. J'avançais plus en avant et mouillais les coucougnettes. C'était la partie la plus difficile, après, le reste suivait sans problème. Je nageais quelques minutes puis sorti m'étendre sur la plage. Personne, pas de bruit autre que celui des goélands volant et des vagues qui finissaient sur le sable dans un rythme régulier servant de berceuse. Je fermais les yeux, le soleil chauffait ma peau, je serais bien pendant cette saison.

Le personnel arrivait pour la suite des opérations. Cuistots, réceptionnistes. La directrice rencontra son premier problème. Les chambres avaient deux lits. Elle s'arrangeait pour regrouper les filles avec les filles et pareil pour les gars. Seulement, elle se retrouvait avec un nombre impair de chaque et pas assez de chambre pour une solution facile. Après une discussion à la pause café, Héloïse et moi proposions de partager la même chambre. C'était facile et cela ne nous gênait pas. La directrice accepta. Je déménageais dans la chambre d'Héloïse.

La saison commençait dans deux jours. Tradition oblige, on se retrouva tous dans un nouveau pub qui ouvrait au village. C'était le seul et il deviendrait vite le lieu de rencontre de tous les saisonniers. L'équipe complète avec tout les nouveaux venus débarqua le soir après manger. Les bières coulaient à flot pour certain. Je me retrouvais coincé avec une réceptionniste un peu timide qui parlait très peu. La saison pouvait commencer.

Les premières semaines n'était pas trop chargées. A la montagne, les clients ont tous un passe à rentabiliser. Du coup ils sont tous debout à huit heures avec leurs combis sur le dos. A la mer, en revanche, c'était pas la même chose. Beaucoup de portes de chambre se retrouvaient parées du carton « ne pas déranger » le temps de la grasse mat. On perdait du temps à attendre que ces messieurs dames se lèvent mais ce n'était pas grave. Rien que l'environnement, la vue sur la mer, le calme des lieux incitaient à prendre sur soi, à s'auto-appaiser. On passait plus de temps à la pause à parler entre collègues. Anne commençait à avoir des problèmes de dos. A son école, elle avait cru comprendre que la gouvernante n'aurait pas beaucoup d'efforts physiques à fournir. Mais il n'en était rien. Pendant que nous faisions les chambres, il fallait bien que quelqu'un lave les serviettes, plie le linge et le monte aux offices et tout cela sans ascenseur dans le cas présent. Et qui pouvait gérer les stocks de produit ménager et de pq à part notre chère gouvernante ? Elle en parla avec la directrice qui, étant vraiment très sympa, sociable et pédagogue. Celle-ci lui proposa de rejoindre l'équipe cuisine. Tout cela bouleversait le schéma hiérarchique du groupe ménage. Héloïse qui était assistante devenait gouvernante et moi qui avait de l'expérience devenait assistant. C'était bien, le binôme de commandement partageais la même chambre.

Depuis mon opération j'avais arrêter l'alcool fort, puis le cidre et les bières. Cela faisait au moins huit ans que je ne buvais que de l'eau et exceptionnellement du schweppe agrume. J'avais retrouver le chemin des demis à la saison précédente. Quand toute l'équipe déboulait dans « la caverne », le pub en plein cœur de Morzine. Tous le monde dansait un verre à la main sur la musique dont les clips s'affichaient sur les murs. Je n'abusais pas, un demi voir deux pendant la soirée, voir un verre de vin avec Anaïs, pas plus. Sur l'île, la vie continuait. Il m'arrivais d'aller au pub du village avec ma chef. Nous partions à pied au troqué. C'était plus facile de rentrer bourrés, bras dessus dessous en chantant. Mon nouveau pouvoir d'achat revenu avec ma propre carte bleu ou mes histoires d'amour récentes m'avaient fait baissé la garde. Un soir alors que la fête battait son plein, je ne voyais plus Héloïse. Un peu beaucoup éméché, croyant qu'elle était partie, je pris le chemin du retour seul. Je n'avais plus la même résistance à l'alcool. Celle acquise chez les militaires avec un entraînement hebdomadaire. Heureusement, la route était jalonnée de bancs. Je m'asseyais, je vomissais et je repartais pour le banc suivant. Je balisais mon chemin jusqu'à ma chambre. Le jour off qui suivait me permis de dormir, de reprendre des forces. Ce fut la dernière cuite de la saison. Elle me rappela mon épée de Damoclès au dessus de la tête qui heureusement ne tomba pas ce soir là.

Le mois d'avril passa sous le soleil. Une sécheresse s'installait. Les genets qui illuminaient la cote de leurs fleurs jaunes avaient perdu leurs pétales. Ils étaient relayés par des plantes inconnues qui parsemaient le GR de fleurs blanches et violettes sans odeur. Toujours la même énergie qui sortait du sol. Les racines noueuses des pins qui couraient sur le granit de la cote cherchant un point d'attache.

La nature est bien faite. Elle aussi recherche un équilibre. Après avoir bouleversé le paysage il y a des millions d'années par des mouvements tectoniques à grande échelle, elle cherchait à tout planifier par le simple acide des aiguilles de pins qui aidait à l'érosion du granit.

Après le boulot, je tombais le tee-shirt pour la baignade. Les plages étaient pour l'instant pas trop fréquentées. Le calme qui en découlait, permettait une réflexion sereine. Je n'étais pas le seul dans cette situation. Une partie de la population se réveillait. Elle avait compris que la classe politique était rigide, engoncée dans ses habits du dimanche. Les poches pleines de l'argent des pots de vin qui rendait muet, empêchait toutes actions bénéfiques. Un gus avait profité de la confusion pour se faire sa place. Il remporta les élections devenant le vingt cinquième président de la république. Victoire mitigée vu la participation des français et la nature de sanction que beaucoup voulait donner à leur bulletin. Votant pour le renouveau dans le paysage politique, ils s'étaient trompé. Le guignol était jeune, beau mais que pouvait-il réellement faire face à la mondialisation, aux acteurs qui jouaient dans l'ombre sans remplir les caisses de l'état ? Les américains avaient fait la même bêtise avec un moins jeune et un peu plus con. Mais il tenait les rennes du pays le plus puissant du monde.   Une autre partie de la population était soit résignée soit décidée à agir autrement. Elle avait compris qu'elle ne pourrait   rien   changé par le haut. Tout un système d'entraide, d'échange, de bénévolat se mettait en place pour parer à la baisse du pouvoir d'achat et établir les bases d'un nouveau type de société, plus humaine, plus juste. Je regardais tout ça de loin sur mon île.

Les semaines passaient. Héloïse s'était trouvé des nouveaux copains de biture. On ne se parlait presque plus. J'avais acheté un vélo d'occas pour parcourir les chemins de l'île, pour découvrir de nouvelles plages où poser mes fesses. Après le boulot, je filais me baigner. L'eau était toujours un peu froide mais ce n'était pas grave. L'osmose avec mère nature compensait largement. Je sortais des vagues, me frottais. J'allongeais la serviette sur le sable et me mettais dessus pour profiter de la chaleur des rayons du soleil. Je pianotais sur mon portable pour rester en contact avec Paty.

Elle avait trouvé un hôtel dans le sud. Cette histoire m'avait ouvert les yeux sur l'action du cœur sur la matière. Jusqu'à maintenant, seul le coté physique m'avait servi à surmonter les épreuves de la vie. Le cerveau dirigeait cette réflexion avec les éléments physiques comme les revenus, les impératifs matériels. Mais aujourd'hui, je voyais que les sentiments, choses immatérielles, avaient aussi leur place dans la réflexion. Mieux que ça, ils avaient aussi un pouvoir concret sur le matériel. Ils pouvaient mettre en place les paramètres de situations qui seraient bénéfiques ou non à l'évolution. C'est eux qui construisaient notre environnement.

Un jour, je reçu un appel de ma mère. Elle était en larme. Mon père était à l'hôpital, en mauvais état. Les infirmières avaient prévenu qu'il risquait de ne pas en ressortir vivant. Il avait trimé dès le plus jeune age pour survivre. Il s'était très vite retrouvé sur les chaînes de montages de Renault. Au fil des années, il avait vu passer beaucoup de modèles de voiture. Illettré, il ne nous avait pas beaucoup aidé pour les devoirs de l'école. La seule chose qu'il m'avait apprise était le travail manuel.

Couper le bois sur pied pour la cheminée, ramasser les pommes à cidre pour l'argent de poche étaient les seuls moments que j'avais passé avec lui. A table, il ne fallait pas faire de bruit pour qu'il puisse regarder la télé tranquille. Le reste du temps, il le passait avec un voisin à prendre l'apéro sur le terrain où paissaient les moutons. A peine sorti de l'usine, à la retraite, il avait appris qu'il avait un cancer à la prostate. Le genre de cancer avec lequel, s'il ne s'étend pas, vous pouvez vivre longtemps. Le problème, c'est qu'il s'était étendu plus vite que prévu. Petit à petit, les cellules cancéreuses avaient gagné d'autres organes.

Au fil des ans, mon père avait maigri. Il n'y avait plus de relation entre nous. Il n'y en avait jamais eu. Comme lui, j'étais parti tôt de chez moi pour aller sur la route. Régulièrement je repassais par la maison mais cela n'avait pas permis de rapprochement. Aujourd'hui, il était en phase terminale, bourré de morphine pour supporter la douleur. Ma patronne me donna trois jours de congé. Je prenais le bateau pour retourner sur le continent. Des membres de la familles arrivaient aussi pour pouvoir le voir une dernière fois vivant. Dans la chambre d'hôpital régner un silence de glace. Complètement groggy par la morphine, il avait du mal à garder les yeux ouverts. Les journées étaient longues, nous parlions de retour à la maison. Les trois jours passèrent vite. Le dernier jour, nous étions tous dans la chambre à faire acte de présence. Mon père dormait, dans la pause du fœtus, le teint déjà cadavérique. Au moment du départ, j'attendis que tout le monde sorte. Je m'approchais du lit et me penchais vers lui. Je l'embrassais sur le front en lui disant que je l'aimais. Qu'il ne servait à rien de s'accrocher à la vie et qu'il pouvait partir.

M'a t-il entendu ? Je ne le saurais jamais. Je quittais la chambre. Je remontais dans le bateau pour Belle Île. Ma mère m'appela deux jours plus tard, mon père était mort. Ça ne me fit pas plus d'effet que ça. Il n'y avait jamais eu de relation complice entre nous.

Ma patronne me donna les deux jours prévus pour un enterrement. Mon père, athée, avait opté pour une incinération. Il aimait la mer et voulait que ses cendres soient dispersées au large. La cérémonie se déroula dans les larmes. Cœur de glace, je baissais le visage pour cacher mes yeux secs. Les cendres furent emportées par le vent sur le bateau qui venait de franchir l'estuaire. Tout le monde rentra chez lui, la vie continuait. Je repris le ferry pour Belle Île. La saison battait son plein maintenant. Les rues du villages étaient pleines de touristes. Tous les magasins étaient ouverts du matin jusqu'au soir sans interruption. Des nouveaux arrivèrent pour renforcer l'équipe sur les mois de juillet et d'août. Parmi eux il y avait Élodie, encore une charmante jeune fille. L'hôtellerie était tout à fait à l'opposé de l'armée de terre niveau recrutement des filles. Nous bossions ensemble, dans le même binôme. Toute la journée nous faisions le ménage en racontant nos vies. Elle aussi confirmait mon théorème sur les raisons économico-sociales qui poussaient les gens à faire les saisons. Elle avait eu une situation professionnelle stable qui l'avait entraîné sur le chemin risqué des crédits. Boulot perdu, il ne lui restait plus que les dettes, comme moi. Elle avait aussi le luxe de combiner avec des problèmes relationnels. Avec le soleil qui tapait fort, nous nous retrouvions sur la plage après le boulot. Maintenant le sable était caché sous les serviettes des nombreux touristes. Ça devenait difficile de se trouver une place. Nous nous retrouvions souvent cote à cote comme un couple d'amoureux. Sans aucune pudeur, elle se mettait torse nu pour un bronzage parfait. J'avais du mal à laisser mes yeux en l'air quand je lui parlais alors que ses petits seins bronzés pointaient dans ma direction. Ses problèmes, vus de l'extérieur, étaient simples. Un manque affectif l'avait lié à un gars sans avenir. Alcoolique, drogué, il ne voyait en elle qu'un sexe disponible. Elle s'en rendait compte mais ne faisait rien pour améliorer la situation. Souvent elle arrivait en pleure le matin. On prenait un café dans la cuisine avant de monter faire les chambres. S'en suivait de longues discussion avec toujours la même conclusion. Il fallait qu'elle quitte son gus. Un après midi, alors que nous faisions les chambres en papotant, je sentis monter en moi l'énergie sexuelle. Peut-être que nos sujets de discussions en étaient responsables. Nous parlions du corps, de l'épilation totale, vraiment totale. Au fil des chambres, nos énergies se mélangeaient. Nous passions souvent cote à cote pour faire le lit. Je sentais bien que son envie à elle aussi augmentait. J'aurais pu la clouée sur le mur et l'embrasser fougueusement sans aucun problème. Je tiens à préciser ici que les femmes de chambre de sont pas des libertines

266

comme l'avait pensé DSK, c'est simplement la courte durée du contrat qui nous pousse à conclure plus vite pour profiter plus longtemps d'une relation éphémère.

Bref, j'avais un choix qui se profilait mais il était temps de mettre en applications les leçons que la vie m'avait apprises. Au lieu de laisser parler mes hormones, je décidais plutôt d'en parler franchement avec elle. Nous parlions d'un possible rapport sexuel entre nous, des raisons qui nous motivaient chacun. La tension sexuelle retomba. Le travail terminait nous allions chacun dans notre chambre respective.

La saison continuait sans aucune autre tentative de rapprochement.

Ça faisait deux ans que j'étais sur les routes à voir grandir mes filles sur les photos que je recevais par sms. Il était peut-être temps de reprendre en main une vie plus stable. Je réfléchissais à un boulot fixe qui me permettrait peut-être de les voir en vrai, plus souvent. Dans la chambre, après le boulot j'allais traîner sur internet. Je repérais des offres d'emplois débouchant sur cdi.. Je postulais. J'en parlais ouvertement avec la directrice. Ça aussi c'était important, l'honnêteté. Ne rien cacher qui risquait de vous retomber dessus un jour. Mon parcours chaotique des dernières années m'avait appris la place de la vérité. La boss comprenait. Je ne mis pas longtemps à recevoir des réponses positives. Je posais des jours de congé pour aller aux entretiens d'embauche. Aucun ne déboucha sur du concret. J'avais mal dosé la potion magique. Boulot pas terrible, en pleine campagne ou loin de mes filles.

Maintenant, j'avais confiance en l'avenir. J'avais ravalé mon orgueil et comprenais que je ne pouvais pas prendre une décision qui inclurait tous les paramètres. j'avais retrouvé la foi qui complétait le schéma décisionnel.

D'autres offres se profilaient à l'horizon. Septembre arrivait avec la fin des grandes vacances, l'hôtel retrouvait son calme initial avec moins de clientèle. Un accord fut conclut avec la directrice, très sympa, toujours très sociable. Je pouvais finir mon contrat un mois plus tôt en toute légalité, sans perdre ainsi mes précieux droits chômage. Septembre passa vite. Mon répertoire téléphonique s'agrandit de nouveaux numéros de téléphones. Je réservais un aller simple pour le continent. Je fis ma valise avant le repas du soir.

Une saison encore une fois pleine d'enseignements. D'autres aussi partaient. Une petite virée dans le pub du village et au lit. J'étais heureux. L'avenir, malgré les problèmes financiers, s'annonçait bien. Je m'endormit rapidement. Le bateau partait le lendemain vers dix heures. La navette de l'hôtel m'emmènerait au port.

En plein milieu de la nuit, je me réveillais. Sans raison, je sentis mon corps se durcir. Je commençais une crise d'épilepsie.

les montagnes russes

J'étais dans mon lit, en plein milieu de la nuit. Je sentais en moi la paralysie monter. Dans le noir, je visualisais mes entrailles, mont œsophage se durcir et devenir gris. La crise montait, traversais ma gorge et explosait dans mon cerveau. Coupant au passage la respiration et la circulation sanguine. J'entendais ma bouche criait son besoin d'air mais ne pouvais rien faire. J'étais spectateur extérieur d'un corps qui se décomposait. Mes doigts se tordaient, ma colonne vertébrale aussi. Je ne sais pas combien de temps cela dura. Petit à petit ma respiration redevenait normale. Mes muscles se décrispaient. J'étais dégoutté de la conclusion et me réfugiais dans le sommeil.

J'avais mis mon téléphone à sonner pour le réveil. Au matin, mon cerveau était douloureux. Je me levais péniblement. J'allais dans la salle de bain me passer de l'eau sur le visage. Les crises avaient toujours une raison d'apparaître. Vu l'avenir radieux que j'envisageais, la super saison qui venait de finir, je ne comprenais pas ce qui avait pu provoquer celle-ci.

Je n'avais pas le temps de réfléchir. Je prenais ma valise et me dirigeais vers la cuisine. Les

271

filles de la salle préparaient déjà le petit déjeuné. Une petite bise et je leur piquais une demi baguette pour faire un sandwich ainsi qu'un café et un croissant pour aller déjeuner dans la cuisine. La tête criait toujours autant. Je me forçais à manger. Les clients montaient déjà dans l'estafette pour le retour. Je fis le tour de la réception, de la salle pour saluer tout le monde. Je mettais ma valise dans le coffre.

L'hôtel s'éloignait emportant avec lui cinq mois de bonheur et d'aventure. C'était devenu une habitude de clôturer une saison sans espoir de retour mais sans regret non plus. C'était un bonheur à durée limitée.

Le temps provient du balancement entre le bien et la mal, passant par le bonheur momentanément. Est-ce que le yoga, la méditation, permettraient avec l'entraînement d'élargir les barrières de l'instant présent où était caché le bonheur ?

Je regardais derrière moi une dernière fois en montant sur le pont du bateau. Mon esprit d'artiste peintre enregistra tous les détails des maisons, des bateaux, du port. Toutes les nuances de couleurs que le soleil levant donnait à la ville. Je m'assis, attentif aux douleurs de mon cerveau. Elles avaient un peu diminué. Le trajet fût long. Quarante minutes permettant de se souvenir des dernières semaines, de regarder les vagues et de réfléchir aux causes de la crise. Ça ternissait un peu l'image de l'avenir que j'avais imaginé. Arrivé au port, je me dirigeais vers la gare. Avec les aller-retours que j'avais fait pour mon père, je connaissais bien Quiberon maintenant. J'avais le temps de marcher tranquille. Je montais dans le train. Les gens partageaient le bonheur. Je les enviais. Qu'est ce que j'avais bien pu faire comme conneries pour avoir un karma si compliqué ? Le train siffla son départ. Il traversa la presqu'île, traversant des paysages chargés de souvenirs.

Sur cette plage j'étais venu avec Séverine dans ma première voiture, dans ce fort j'avais fait des entraînements commando. Je pouvais ajouter maintenant une saison d'été à la longue liste. La Bretagne était remplie de souvenir. Les vacances de l'enfance, mon premier boulot, mon premier amour. Ma vie de couple, avec les enfants pendant les vacances avait complété le tableau.

Que deviennent ces émotions après la mort ? Vont-elles se mélanger dans une âme

planétaire dont sont issues les âmes indivi-
duelles qui s'incarnent ensuite ?

A Auray, je prenais le train pour Rennes
puis un bus pour Paris. C'était la nouvelle
mode venu des Amériques. Attraction bon
rapport qualité prix . Pour vraiment pas cher,
nous avions des heures de trajet à travers le
territoire français. J'arrivais à Paris après six
heures de route. Mon cerveau s'était remis de
ses émotions. Je débarquais chez Séverine.
Nous mangions tranquille. Je lui avais demandé si je pouvais rester quelques jours pour les
entretiens. Elle avait accepté. Nous sortions
dans les bars mais mon dernier problème
épileptique m'avait refroidi. Une espèce de
reset de mon cerveau qui me perturbait. Dès
qu'un petit détail physique, ressemblant à ce
que j'avais vécu dans la crise consciente,
apparaissait, le doute naissait dans mon esprit.
Ça entravait fortement le laisser aller. J'avais
rendez vous le lendemain pour un boulot dans
un ESAT. Avec la copine sur Paris, j'avais
postulé sans trop y croire mais ils avaient
rappelé. L'entretien se passa bien. Avec le
recul, je me rendais vite compte que je n'avais
rien préparer. Sans les bons arguments, les

bons mots à dire quand il faut, l'établissement ne rappela pas. Je restais sur Paris deux jours. Je traversais la capitale, passant mon temps à analyser le confort de vie dans une ville en totale opposition avec les lieux magnifiques dans lesquels j'avais vécu l'année écoulée. Pourrais-je vivre à Paris où les mycoses traînaient sur les bancs publics et les sièges du métro ? Où les gens étaient renfermés sur eux même les rendant hermétiques à toutes manifestations humaines ? Où le coup de la vie explosait le budget ? Connaissant l'impact de l'esprit sur la matière, avec l'idée que je me faisais, je me voyais mal venir bosser ici. Le prochain rendez-vous était en Bretagne. Je saluais Séverine. Je remontais dans le train direction Rennes. Didier Filajac, mon ancien employeur avait-il voulu se faire pardonner d'avoir aider son collègue à me virer pour de simples questions pécuniaires ? Il avait tout de même participé à un lynchage économique. Je le jugeais pour complicité, il verra bien ce que dirait Saint Pierre quand il tentera l'entrée au paradis.

Dans un excès de colère, je lui avais envoyé un mail incisif. Malgré les années passées depuis mon licenciement, je n'arrivais pas à retrouver un boulot fixe. Je l'accusais de déblatérer des ragots aux employeurs potentiels qui pouvaient l'appeler pour vérifier mon cv. Il m'avait répondu qu'à moins de deux ans de la retraite, il laissait de plus en plus la direction de la boite à Ludo. La revanche viendrait d'elle même vu les capacités dérisoires de management du trou duc. Il m'avait indiqué une boite en Bretagne, tenue par un de ses copains. Avant de partir de Belle Île, j'avais envoyé un mail. Ils m'avaient rappelé pour fixer ce rendez-vous , juste histoire de faire connaissance. Le rendez vous était tôt le matin. Je pris une chambre d'hôtel à cote de la boite.

Le statut de saisonnier, quand on picole pas trop, donne un relatif pouvoir d'achat. J'inspectais la chambre, c'était devenu un réflexe après deux ans de pratique. Le matin, je pris même le petit déjeuner dans le restau. Je payais l'addition et allais au rendez vous.

La boite était paumée dans la campagne, en bordure du périphérique rennais. Une piste cyclable desservait le village. Je marchais en préparant bien mes arguments cette fois. Les deux patrons avaient-ils communiqué ?

Je me présentais à l'hôtesse d'accueil qui me montra la salle d'attente. Dix minutes plus tard, la personne responsable des ressources humaines vint me chercher. Nous montions à l'étage où attendait le patron. L'entretien fût court. Aucune allusion à mon passé. Ils me firent visiter la boite, beaucoup plus grande que celle où je bossais avant.

C'était fini. « On vous rappellera » qu'ils avaient dit, comme dans les séries télé ou le candidat n'étais jamais rappelé. Je profitais du temps libre pour remonter en Normandie. Je transférais mes derniers habits et quelques affaires de mon ex chez moi à la maison des parents. Je passais du temps avec mes filles. Une semaine passa sans nouvelle de la boite d'ortho. Je redescendis en Bretagne. J'étais devenu un escargot avec deux coquilles. Une pour l'été et une pour l'hiver. Je posais les deux sac dans la chambre d'ami que ma mère mettait à ma disposition. Une fois de plus, je revenais dans le cocon familial. Mon père n'était plus là. Ça ne me gênait pas plus que ça. Aucun objet ne pouvait me rappeler quelque chose puisque nous n'avions rien partagé depuis plus de vingt ans. De me retrouver seul avec ma mère orienta mes réflexions. Était-elle indirectement la source de mes problèmes relationnels ? Les sites de psychologie parlaient de l"attachement insécure évitant. Les descriptions des séquelles correspondaient bien à ma réalité. Un enfant sage, un ado sans attachement pour finir par un adulte se tenant à distance des émotions. La conclusion permettait d'espérer une auto-guérison dans de rare cas. Je ne sais pas comment elle m'avait élevé. Les souvenirs de la petite enfance, avant sept ans, tombaient dans l'inconscient.

Maintenant, j'avais peur d'avoir étouffé l'amour conjugal en le confondant plus ou moins inconsciemment au maternel. Je ne me rappelle pas en avoir eu beaucoup. Enfant, je l'avais peut être attendu et avec l'age, cette attente s'était transformée en résignation puis tombé dans l'inconscient. Ma turbulence d'ado y était-elle liée ? J'avais tenu à l'écart l'amour de mes partenaires pour les quitter une par une. Un jour il faudra que j'en parle à ma mère. Ce sera difficile car à l'entendre parler, il n'y avait que mon frère qui faisait des choses. On verrait ça plus tard. Je téléphonais à la boite d'ortho. Il n'avait pas encore pris de décision. Il ne semblait pas vraiment vouloir embaucher quelqu'un. Je me résignais. Je lançais à nouveau des cv aux hôtels pour une troisième saison à la montagne. Le Club Med me rappela. Avec mon expérience, je pouvais bosser comme chef d'équipe. Je pris la coquille hiver. Je montais sur Lyon pour signer le contrat. Les chinois avaient changeait le système d'accès à l'hôtel. Maintenant, au lieu que tout le monde prenne le train chacun de son coté, il y avait un bus mis a disposition. Pour eux c'était moins cher. J'intégrais l'équipe du dernier né du club. Le bus nous emmena à Samoëns. Ça changeait du vieil hôtel pourri de l'Alpe d'Huez. Nous atterrissions dans un bâtiment flambant neuf, high-tech, avec une décoration de dingue. Il était perché sur la montagne en plein cœur des forêts.

Le directeur nous accueilli avec un petit discours et des cacahuètes. Suite à quoi, nous étions dirigés vers un autre bâtiment, plus sobre où logeait tout le personnel.

La gouvernante était là. Elle nous expliqua les règles de conduite, les horaires pour les repas. Elle nous donna les clés des chambres. La saison commençait bien. Le repas du soir approcha. Des petits groupes se formaient dans le hall. Il fallait marchait sur la route, sans lampadaire, avec une couche de neige tassée et gelée vraiment casse-gueule. Chacun avançait à des allures différentes. J'avais dépenser mes dernières économies dans une paire de boots, ces petites bottes étanches spécialement prévues pour la neige. Elles étaient bien pratiques. Nous arrivions à l'hôtel. On nous indiqua la famille, la pièce où tout le personnel se retrouvait pour manger. Le premier repas permettait de faire connaissance.

Déjà des groupes se formaient. Ils y avait beaucoup plus de monde qu'à Morzine. L'ambiance serait moins familiale. Le lendemain matin, nous avions tous rendez-vous dans le hall pour visiter l'hôtel. C'était un monstre. Quatre cents cinquante chambres avec une capacité de plus de mille cinq cents lits. C'était énorme. Des ascenseurs tournaient sur les sept étages. Le dernier étant un restaurant panoramique, dirigé par un chef étoilé. On y voyait la vallée, les montagnes sur trois cents soixante degrés. L'établissement était un vrai labyrinthe qu'il faudrait rapidement connaître. L'équipe ménage tournait à quarante personne de toutes nationalité. Des italiennes, des polonaises, des brésiliennes, des portugaises et quelques françaises tout de même. Beaucoup de femmes. Les hommes se retrouvaient dans l'équipe des communs. Nous étions cinq chefs d'équipe. Dès le premier jour, la gouvernante donna le ton. Elle critiqua tout le monde, exigea une obéissance absolue. Elle présenta l'équipe d'encadrement en me laissant de coté.

J'allais la voir une fois tout le monde parti. Elle s'en foutait royalement. Je n'étais pas issu du club, il fallait que je fasse mes preuves. La journée fini, tout le monde rentra dans sa chambre. Les téléphériques étaient en révision, il faudrait attendre le début de la saison pour descendre au village. Les jours se suivirent, tous identiques. Les équipes venaient dans l'office général pour prendre leurs instructions. Suite à quoi, tout le monde montait dans les étages faire les chambres. Si je ne me manifestais pas, je n'avais aucune consigne. J'étais juste bon à passer derrière les autres chefs pour ramasser les cartons vides et les sacs poubelle qui traînaient dans les couloirs. Ça ne me plaisait pas trop. J'allais voir une assistante, la fille qui est entre la gouvernante et les chefs d'équipe. Je lui expliquais mon problème mais elle ne voulait pas trop se mouiller. Je devrais voir ça avec la chef directement. Ce que je fis pour mon plus grand malheur. C'était limite si je me faisais pas engueuler de vouloir éclaircir pacifiquement les choses. Il fallait prendre des initiatives. Après les réunions matinales, je suivis les équipes. Quelle ne fût pas ma surprises de voir que tous les chefs d'équipe avaient des choses à faire. Ils avaient reçu des consignes mais je ne savais pas où. Après enquêtes, tous les soirs, quand les femmes de chambres avaient rendu les clés. L'équipe de direction se retrouvait pour faire un checking.

Tous les soirs, j'étais parti après le debriefing général, saluant les collègues chef d'équipe. Personne ne m'avait prévenu. Leur mentalité était simple. Plus les autres étaient nuls, meilleur serait leur note. Je ne me voyais pas travailler dans cet état d'esprit élitiste. J'étais le cul entre deux chaises. Après les formidables ambiances des deux dernières saisons, je me voyais mal travailler dans cette usine. La fin de la période d'essai approchait. Ma décision fut prise. Je quittais le club une bonne fois pour toute. Même périple qu'à Valmeinier. Je descendais au village à pied.

La veille, jour off, j'étais descendu en stop au village. J'avais repéré une église ouverte et chauffée. En fin d'après midi, je me cachais dans une aille, à l'abri des regards, derrière une pub grandeur nature du baptême. Le soir j'entendis les serrures se fermer de l'extérieur. Je rapprochais les bancs et commençais ma nuit. J'avais rendez-vous le matin pour un blablacar. L'église était bien chaude dans la journée mais celui qui avait fermé les portes avait aussi éteint le chauffage. Le froid me réveilla avant l'aube. Je tournais et me retournais sur les bancs pour réchauffer mes fesses alternativement. L'heure du rendez-vous approchait.

Les portes étaient toujours fermées. Je commençais à avoir peur quand le cliquetis des serrures me rassura. Je me cachais derrière un pilier, sac sur le dos et la valise à coté, prêt à partir. Quelle ne fût pas ma surprise en voyant une petite mémé toute ridée, bossue, se dirigeait vers la sacristie. J'ouvris discrètement les portes, sorti et les referma derrière moi. Mon portable en profita pour sonner. Je serrais à l'heure au rendez-vous. Je montais dans la voiture et laissais derrière moi les montagnes.

Toujours ce retour au nid. Le boulot dans les hôtels était sympa. Sauf que la hiérarchie gâchait tout. Le personnel était souvent considéré comme un simple bétail dont on avait un profit à tirer. Les plannings étaient surchargés mais ce n'était pas grave. Il y avait maintenant tellement de monde sur le marché de l'emploi qu'il n'était pas dur de trouver quelqu'un prêt à tout pour avoir un salaire. Les politiciens, qui ne doivent pas souvent transpirer en faisant le ménage chez eux, n'arrangeaient pas les choses. Le code du travail avait changeait. Maintenant un contrat signé obligeait le salarié à aller jusqu'au bout. La période d'essai ne voulait plus rien dire. Sa rupture sur décision de l'employé était équivalente à une démission. Ce qui entraînait une perte des allocations sur plusieurs mois. Autant mettre un couteau sous la gorge. Pire, l'employeur pouvait demander de payer l'équivalent des mois non travaillé au salarié s'il avait passait la période d'essai.

Qu'elle serait la prochaine étape dans cette course à la dictature ?

Je pouvais pas resté à ne rien faire. Je retournais sur le net chercher du boulot, un des rares avantages du progrès. Je repérais une offre pour un hôtel de l'Alpe d'Huez. La station où j'avais commencé. Un nouveau train jusqu'à Paris, une petite nuit chez Séverine et un trajet vers les montagnes. Je connaissais cet hôtel par oui dire. Un concurrent du club dans lequel beaucoup voulait bosser lors de ma première saison. La seule différence d'avec le club était le salaire, légèrement supérieur.

L'année d'avant je m'étais laissé prendre au piège de la concurrence. Ce qui ne m'empêcha pas de retomber dedans. Encore un exemple d'abus. Une équipe en sous effectif, du boulot à la pelle, une hiérarchie méprisante, autant de raison de lâcher l'hôtellerie. Cette fois, le droit du travail ne signifiant plus rien, donnait aux patrons le droit d'abuser de la main d'œuvre. J'étais piégé. En marchant dans la station, sous la neige qui tombait dru, je reçu un coup de fil de la boite d'ortho.

Trois mois après l'entretien, ces messieurs dames se donnaient la peine de m'appeler. Ils me promettaient un cdi. Le hasard faisait encore bien les choses. Mais pouvions nous resté vraiment sur une simple idée de hasard ?

Il y avait tant de fois où il m'avait aidé dans des moments cruciaux. Quand j'hésitais à prendre une décision majeure. Mieux, il m'avait envoyé des signes pour infirmer ou non une décision que j'avais du mal à prendre. Ne pouvions nous pas parler ici de cette part de divin qui sommeille en nous et qui commençait à émerger du fond du crane après tout ce travail d'éveil. Elle sortait des couches successives qu'avaient laissé nos vies en suspension dans l'enchevêtrement du temps. Je pouvais partir de la montagne avec un boulot qui m'attendait. J'étais rodé maintenant, une lettre, un billet de train et je remontais vers le nord.

Conclusion

Une nouvelle vie m'attendait en Bretagne. Une vie classique, boulot, dodo et week-end. Après deux ans passaient sur les routes, à vivre au rythme des hôtels, je trouvais ça ennuyeux. Je continuais le yoga physique. Il y a plein de styles pour le corps, l'esprit, la bouf. J'avais opté dans un premier temps pour celui du physique, le hathayoga. Je le pratiquais en club au début, sous la surveillance du prof. Mes contrats saisonniers m'avaient obligé à continuer seul, dans ma chambre. Ce qui donnait une plus grande souplesse dans le planning. Ça m'avait même permis de faire l'amour avec Anaïs.

Ma rencontre avec Paty m'avait donné l'aperçu de la force du cœur. De son réel pouvoir sur le matériel et la mise en place des éléments qui nous entourent. Tout cela m'avaient amené à réfléchir sur la pratique de la méditation. Je trouvais sur le net une association qui pratiquait la version tibétaine. Attaquais-je la dernière des trois phases indiennes de la vie ? Celle qui commence vers cinquante ans. Quand t'as fait le tour de la simple matérialité et que tu te prépares pour une bonne mort ?

Quelqu'un avait dit que si tu passes la nuit sur la butte de Taliesin, tu deviens fou ou devin. J'avais pas trop fait attention à l'époque. J'étais jeune, en bonne santé. Je voyais plutôt ça comme un film d'Indiana Jones. Maintenant, la nuit de trente ans venait de finir. Le réveil était douloureux. Après un an de bonheur à la montagne, à la mer, les crises d'épilepsie étaient revenues. Elles étaient totales pour mon corps mais je restais conscient, spectateur extérieur de mon corps qui se crispait, se convulsait. Cela entraînait tout un travail de réflexion qui se mettait en place pour comprendre les choses, révélant les failles que l'ego camouflait.

La fin de mon contrat arrivait. Je demandais à mon patron comment il voyait la suite. Où en était ses réflexions sur mon évolution au sein de la boite. Il ne savait pas, il hésitait. On aurait dit un canard qui dansait sur un pied. La boite d'ortho publiait un petit journal de news en interne. Il y avait un article sur la soirée bowling. Un autre sur le départ à la retraite de celui que je devais remplacer. La fin du texte se soldait par un au revoir et bonjour. Il annonçait l'embauche d'un australien pour le remplacement. J'aurais pu gueuler une fois de plus, m'indigner. Il m'avait promis la place mais ce n'était qu'une ruse. Un prétexte pour que je donne le meilleur de moi même pour un petit contrat. Avait-il prévu cela depuis le début ? Que je n'irais pas plus loin. Il avait juste besoin de quelqu'un pour remplacer un long arrêt maladie. C'était mesquin, hypocrite. Il n'avait qu'à le dire franchement, simplement.

En attendant qu'il se décide et voyant la fin du contrat arriver sans connaître la suite, j'avais envoyé quelques cv. Même si le patron m'avait fait miroiter un cdi, me prenant pour un con au passage, il m'avait aussi permis de clarifier mes goûts professionnels. Autrefois, l'ortho me plaisait bien. Du bricolage en permanence pour fournir des appareils à des gens dans le besoin. Ces quelques mois passés avaient remis les pendules à l'heure. Aujourd'hui, je voyais plus le coté pénible du travail, les odeurs des produits chimiques, la pénibilité des manipulations dans le bruit et la poussière.

Dans mon malheur j'avais quand même connu le boulot pour lequel j'étais fait, l'hôtellerie. Malgré les patrons qui abusaient, les clients qui se croyaient tout permis, il y avait dans ce métier un coté humain. C'était simple comme bonjour. On améliorait l'environnement de gens sur terre. Suite à mes envois, plusieurs hôtels avaient répondu à mes mails. Des entretiens étaient programmés. Ma mère me prêta sa voiture pour y aller.

Je ne sais pas où je vais, mais j'y vais avec une foi naissante. Je laisse mon passé par écrit , dans ces quelques pages. Les contrats saisonniers m'avaient amené leurs enseignements sur la valeur de la collectivité, du groupe. Les relations plus ou moins charnelles.

Ils m'avaient appris la place de l'ego dans les rapports humains, la place des sentiments. Les crises me donnent maintenant l'entraînement pour comprendre l'esprit, son fonctionnement. Elles sont moins nombreuses mais reste latentes. Le destin, m'avait permis de trouver une des bases de mes problèmes affectifs en me faisant squatter chez ma mère.

Mon licenciement m'avait envoyé sur les routes de France et de Navarre. J'avais vécues des situations riches en enseignements divers qui me permettaient de corriger mes erreurs et changer de cap. Maintenant, j'étais prêt pour la suite.

Je vais tenter de vivre en alliant les forces de l'esprit et du cœur. De nos jours, il faut admettre la dérive des valeurs, son impacts sur la société. Il faut reconnaître notre incapacité à changé radicalement le monde dans sa globalité et vivre avec. Il me reste la moitié de ma vie pour lâcher prise et avancer. Si vous lisez ces quelques lignes, c'est que la théorie était bonne. Mes problèmes financiers ont trouvé solution et j'ai pu passer à autre chose.

Je laisse mes souvenir dans ce livre comme on lance une bouteille à la mer.

Cinquante ans pour apprendre le yin. Avec un peu de chance, les années d'enfance ne comptant pas, j'aurais le yang en moins longtemps. Les mots ne sont pas assez puissants pour écrire la suite, c'est une expérience à vivre. Soit je suis mort d'avoir couru après des rêves, des chimères, mais la mort n'est plus un problème. Soit je suis au porte de l'éveil.

FIN ...

Table :

Introduction... 7
L'école n'apprend plus rien...................... 17
Barabas.. 31
Le soldat.. 47
Le prêtre.. 69
Le paysan.. 91
Interlude musical............................. 119
La troisième vie............................... 157
Le jugement...................................... 189
L'ouverture du cœur......................... 207
Marie galante.................................... 247
Les montagnes russes...................... 271
Conclusion....................................... 287

Namasté

©2018, Jeremy Mac Cesne
Editeur : BoD-Book on Demand
12/14 rond-point des Champs Elysée,
75008 Paris
Impression : BoD - Book on Demand,
Allemagne
ISBN : 9782322108114
Dépôt légal : décembre 2018